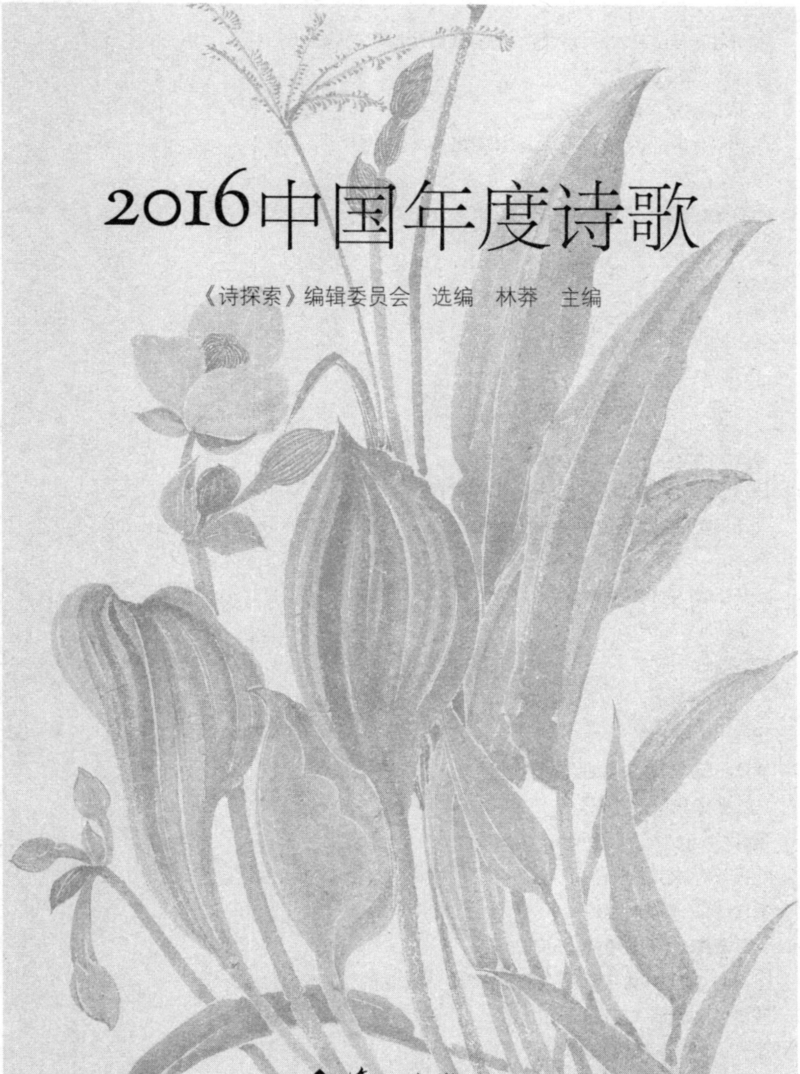

2016中国年度诗歌

《诗探索》编辑委员会　选编　林莽　主编

漓江出版社

图书在版编目(CIP)数据

2016中国年度诗歌 /《诗探索》编辑委员会选编；林莽主编.
—桂林：漓江出版社，2017.1
ISBN 978-7-5407-8020-3
Ⅰ. ①2… Ⅱ. ①诗… ②林… Ⅲ. ①诗集－中国－当代
Ⅳ. ①I227
中国版本图书馆CIP数据核字(2016)第317349号

2016 ZHONGGUO NIANDU SHIGE
2016中国年度诗歌
《诗探索》编辑委员会选编　林莽主编

责任编辑：孙精精　谢青芸
书籍设计：石绍康
责任监印：杨东

出版人：刘迪才
漓江出版社有限公司出版发行
广西桂林市南环路22号　邮政编码：541002
网址：http://www.lijiangbook.com
全国新华书店经销
销售热线：010-85893190
大厂聚鑫印刷有限责任公司印刷
［河北省廊坊市大厂回族自治县西大街　邮政编码：065300］
开本：710mm×960mm　1/16
印张：18　字数：296千字
2017年1月第1版　2017年1月第1次印刷
定价：42.00元

如发现印装质量问题，影响阅读，请与承印单位联系调换
［电话：0316－8836866］

目录
contents

坐看花落

丁　立

牡丹正在凋零，游人已经散去
我在她的对面，一坐就是一下午
瞬间失去，所有香艳的
比喻和象征

当我一念不生，其实我知道
这座花城也正在恢复，它的平凡和无知
天下本无事，无事真好
花落亦圆满，春天正接近尾声
云在青天水在瓶

这是被我坐过的条凳，这是被我坐过的草皮
这是被我坐来的一城风絮，这是被我坐忘的黄昏
月亮升起来，美得就像她自己

坐着，不要翻看手机
世道本太平，没有新闻和惊悚，没有杀盗淫妄
我是那么幸福地坐着，生怕一旦起来
就融进了夜色和苍茫

（原载《大河》2016 年冬之卷）

可不可以

刀

可不可以好好说话
不要动怒，不要挖苦
可不可以平等交流
不要假装王子挥手
不要模仿公主使唤
可不可以

可不可以用良知倾听心声
不要挑剔口音
别在意是轻述还是呐喊
可不可以不揭伤疤
不把痛苦的往事当作罪证
可不可以

可不可以放弃暴力
包括冷暴力和语言暴力
放弃伪装与编导
可不可以让紫荆花自由开放
让爱情拥有良人和珍珠
可不可以

（原载《读诗》2016年第2期）

死，是不得随意说出的词

大　喜

记事时
当我随口说出这个词
父亲就劈头盖脸打骂我一通
好像我犯了罪
不可饶恕

从此，这个词辣成忌口
像乡路上不得不绕开的牛粪
我的词典中，它是古时的囚犯
流放风的边陲
直到某次在诗中，不得不轻轻写过它

父亲弥留之际，只是说
我快要走了
此后，我更不敢触碰这个词
即便看到也远远绕开
生怕一碰，它就疼
仿佛挂在天空里薄薄的气球
一触就破

刚才，女儿随口说出它
被我劈头盖脸骂了一通，并告诉她
祖上传下的话
——生活再难，也不得随意说出这个词

（原载《扬子江诗刊》2016 年第 5 期）

原野上有几个人

大　解

原野上有几个人　远远看去
有手指肚那么大　不知在干什么
望不到边的麦田在冬天一片暗绿
有几个人　三个人　是绿中的黑
在其间蠕动

麦田附近没有村庄
这几个人显得孤立　与人群缺少关联
北风吹过他们的时候发出了声响
北风是看不见的风
它从天空经过时　空气在颤动

而那几个人　肯定是固执的人
他们不走　不离开　一直在远处
这是一个事件　在如此空荡的
冬日的麦田上　他们的存在让人担心

（原载《诗选刊》2016 年 9 月号）

艺术的母亲

万小雪

乳峰缓慢隆起，腹部在有序地起伏
白纸上
她是一位艺术的母亲

静静地，一圈一圈地圆晕
湖水的温暖
忧伤的蓝，蓝得碎裂

那些稚嫩的目光，黯淡的炭笔
第一次运用丰润、明媚和阳光的弥漫
为一位母亲，从低处
一直光明到高处

腹部依然缓慢起伏，她接受了一个时代的审美
她甚至接受了，皮肤
褪色的
黑里的白

似乎，倾斜的灯光，也幸福漫过
一位母亲的骨骼和血液
甚至魂魄

一只小麋鹿在远方
嗷嗷待哺

（原载《诗歌风赏》2016年第3期）

春闺梦

小　西

每天，我都要从闹市中
穿过这条街
每天，都能遇见一个白布衣裤的老人
微闭双眼，坐在梧桐树下
灰旧收录机只播放戏曲
昨日是《锁麟囊》
今天是《春闺梦》
时而战鼓惊天，时而香闺幽怨

每到此处我就会入迷，慢下脚步
仿佛有人为我轻描蛾眉，穿上青衣——
我微微低头，挪碎步
出厢房，过长廊，立在亭台
水袖一甩再甩，咿咿呀呀地唱：
去时陌上花如锦，今日楼头柳又青

我一遍遍地唱别人的戏
忘记了自己

（原载《人民文学》2016年第2期）

当时间忘记了时间

小　西

就这样吧
秋风又陡峭了许多
一个穿薄衣衫的女子
从一片柿林中穿过
她没有仰望，那些转瞬即红的果实
和愈来愈空的蓝天。
就这样吧
再送终须一别。
栾树摘下头顶的黄花
往事被碾碎在细小的蕊里
如果夏雨记住了眼中的一道闪电
白霜何必亮出怀里怒放的野菊
还好，我只剩半片雪花
它在归来的路上。
就这样吧
当海水淹没了海水，时间忘记了时间。

（原载《青岛文学》2016年第7期）

牧羊的领袖

小　米

在大鱼村散步的时候，
陆续遇见了，
七八个牧羊人。
让我奇怪的是，
他们都不赶着羊走。

我遇见的牧羊人全都走在前面，
羊群自觉自愿地，
跟在他身后。

仿佛他才是头羊，
仿佛是领袖。
我当然明白他不是，
他也知道他不是。
但他带着一群羊走的那种感觉，
是真的好。领袖一样好。

（原载《北京文学》2016 年第 8 期）

落　叶

子　川

照亮过我的灯光
一盏盏灭了
这路，我已经走得够长

你眼睛里那盏灯
为谁亮着

地上是落叶
落叶上面是瘦长的影子

路边是一幅广告
画着一瓶酒
广告下面，走着没有酒量的人

风中落叶
发出疑似啜饮的细声
秋天，被斟进一只小小的酒杯

（原载第十届中韩作家会议《诗选》2016年6月）

汉字的发音

子　川

爱，读出来的声音
有点像叹息，也有点儿含混
似乎想说什么
又往后吞咽了一下
这就使爱的声音很轻柔

恨，用气下挫
音节短，有点硬，不能持久
似有某种躲避
也许怕声音一旦拖长
就恨不起来

快乐的语音有点拗口
烦恼的语气，有着厌烦的表情
伤心，前一个音节较长
伤到心为止
苦闷音节短促
收在鼻音上，闷得直哼哼

利润的发音有点滑腻
像勾人的妙女
专制的发音，卷舌，煞风景
专制与暴君同行

活，这个字
口形有点复杂，合口呼
上下唇合成阿Q没画好的圆圈
死比较简单，齐齿呼，细声
轻轻吐出，异常清晰

（原载第十届中韩作家会议《诗选》2016年6月）

早 安

川 美

睁开眼睛，用手指寻找手指
继而，用目光和嘴唇……
确信梦里走散的人，在床上相遇

赤脚走向客厅的电话机
用声音寻找母亲的声音——
“好着哪，上帝保佑！桃花开了……”

而后，用手机呼唤
在大学校园晨练的儿子
他说：“妈妈，空气和牛奶一样香甜……”

这个早晨，也用声音
找到远在异乡的弟弟，相约
清明节一块儿回老家祭祖

如此，可以说“早安”了
——世事沧桑
——亲人安好

（原载《山东文学》2016年第3期下半月刊）

芦 苇

王 妃

一场早来的雪，蒙蔽了双眼。
事实是，十月之前，它一直在你身边
打着手语

三月的软风。那些
有骨头、有思想的人，站立在浅水边
也心旌摇荡。

一只翠鸟，也许是一只蜻蜓
撩起水面。雾气，带走了过路者的歌声
一颗多情的种子，植入它空空的身体
珠胎暗生

高不过翠鸟的清脆。也高不过蜻蜓的轻盈。
从五月到十月，阳光下
它展叶、孕穗、抽穗；夜晚

它怀抱一轮明月
水中的影子，像一座拱桥
正慢慢伸向堤岸

（原载《诗选刊》2016年3月号）

深色天空

王 琪

此后，你就嵌入我一段长久的记忆
以自身无可替代的湛蓝
草木带来葱绿
臂腕里，有风声暗涌
洁白的云层，转身就成了隔山隔水的思念

我看到的果实，没有风吹也能落下
安然的生活在心尖沉睡
而一束光，就要破开黎明
自一场旧梦里喷薄而出
它速度缓慢，将早起的身影
散落在田间和密林

我应该和一只豹子相遇
和草鹿为伍
在浩大的时日里，像那穿过河滩的蝙蝠
离弯曲的岁月近一些

离荒凉中的焦灼远一些

那一直沉默的山花
幽闭了晦暗，呈露出一路的斑斓
告诉异乡人，请止住悲喜
热烈的言辞即使枯黄，成为一截朽木
也不会丢弃云翳
闪亮在卢氏，我停留的每一个日子

（原载《诗歌月刊》2016年8月号）

写　信

王小忠

月光恰好照亮这幽暗的巷子——
人们沉于梦中，都不愿想其他的事情

必须要在今夜写好这封信
好多年都不曾握笔
步入巷子时我开始想
如何说清“活着”这两个字

月光没有退隐
它照在巷子最深的楼阁上
暗角处的照片，以及
从未翻动过的杂乱的书籍

都会让人心生空虚

似乎和夜晚谈论着回忆和爱
还有许多藏在心里的秘密

我的女人紧锁眉头，一言不发
不肯告诉她的苦衷，也不肯透露
是长久的疼痛还是短暂的幸福

然而，我必须写好这封信
并且祝愿这封寄给远方的信
别沾上任何尘埃

（原载《西部》2016年第4期）

黄河入海口

王夫刚

东营人不喜欢和来这里的游客谈论历史
东营的诗人则以黄河口的名义
虚拟了一个诗人部落
与外界抗衡——能够逼退大海的河流
已经不多了——他们认为
并非东营拥有黄河，而是
黄河接纳了东营（谁俯瞰过黄河入海
谁就不会对此提出异议）

东营人不喜欢和来这里的游客
谈论记忆，年轻的土地
更像一个孩子对成长充满了
无法抵挡的好奇——
于是我们去看港口（已经跑到渤海里面）
去看牧场（澳洲奶牛心情不错）
去看湿地公园的芦荻
沿着风的方向带走我们的抒情
去看金湖银河的施工现场
被不断提高级别的尘土
吹得纷纷扬扬：河水还在流淌
大海依旧不动声色
黄河入海口处，东营人
不喜欢谈论历史，但不影响他们创造历史。

（原载《诗刊》2016年4月号上半月刊）

一个人在山中走

王单单

一个人在山中走
有必要投石，问路
打草，惊蛇，向着
开阔地带慢跑。一个人
站在风口上，眺望
反思，修剪内心的枝叶

看着周围：树大，招风
一个人走到路的尽头
还可以爬坡，跳埂子
相信没有过不去的坎。一个人
攀上石岩，抓住四处蔓延的
藤条，给远方打个电话
告诉她，真的有种东西
割不断，也放不下
一个人爬到最高的山上
难免心生悲凉，这里
除了冷，就只剩下荒芜
一个人在山中走，一直走
就会走进黄昏，走进
黑夜笼罩下的寂静

（原载《诗选刊》2016 年 8 月号）

女学生

王彦山

宽大的校服里，你被春风唤醒的身体
正在抽条，因长得过高过快
又陷入对天空的期待，低下头
你的裤管空空，卷起更多男同学的目光
泰戈尔的飞鸟从加尔各答出发，再次飞临
校园的上空，教育的蓝覆盖

窗前，你抬头，更多的鸟晕眩
在放学的路上，你高高扬起的十七岁的脸
像一盏刚出窑的灯盏，照亮
迎面走来的一只颓然的中年之灯

（原载《诗选刊》2016 年 2 月号）

写诗者说

王桂林

我写诗，不是因为身体里
还有太多的感慨，太多的
无法被肉体所消磨的
情欲。光阴短暂
刹那间
从沧海流转到桑田。我写诗
也不是为了配合
这一迅疾衰老的进程
夏日午后，太阳
依然盛年
街上人烟稀少
蝉声聒噪
或当子夜来临，路边的灯
一盏一盏熄灭
巨大的黑，寂静
超出了我的经验，我便会

从骨子里发出
一阵轻微的声音
并期待自己
甚至只有自己
——淹没在
这依稀听见的声音里……

（原载《创世纪》2016 年秋季号）

落叶千里

王海云

这个夜晚，没有什么比孤独更安静
乡愁像一只酒杯，这些年一直盛满了月光

你走后的春天，桃花开得有些慌乱
一封泣不成声的家书，踉踉跄跄跌倒了几回

如果爱可以用泪水弹奏
幸福就能在心中堆成一座温暖的山峰

银帛万两只是浮云一缕
纵然落叶千里也要飘回故乡

（原载《诗探索》2016 年第 1 辑）

叹　息

韦　白

浓雾中，我仿佛又听到曾祖父的叹息声。
那是一种冗长的空洞的
边界模糊而又指向不明的叹息，
就像有人在这浓雾中打拳。
这种叹息是本体的，来自一个人生命的深处。
过去我常常听到曾祖父坐在火炉边叹息，
垂着满是白发的头，膝边的黑猫
睁着迷离的眼。我总是不理解他为何叹息，
他衣食不愁，他子孙满堂，他身体硬朗……
但他总是在任何时间任何地方
突然从他的身体里吐出一声叹息。
有时，光从那片亮瓦上漏下，
与屋里腾起的炊烟形成一个光的长方体，
他的叹息就像一片白色的羽毛在飘坠，
切割着那蓝幽幽的光柱。
有时，一只呆头呆脑的黄蜂往屋椽上钻孔，
他的叹息就像那黄蜂的嗡嗡声，拍打着空气，
并伴着一股抖落的沉浊的泥土味，
那是陈年的灰尘从屋椽上掉落。我现在
也已渐渐老去，岁月的灰尘已落满我全身，
一声无法抑制的叹息声，从我的身体里飘出。
世事更迭，身体不会扯谎，生命的辛酸
最终必将化作一声空洞而无谓的叹息，
就像月亮，最终要从乌云中钻出，并从乌云的
骨缝中射出凝视。

（原载《江南诗》2016年第1期）

灯泡厂的流水线

木　叶

那一年的夏天，我是年轻的劳动监察官员，来到县灯泡厂，
丝丝的青焰，灼烤着工作台，

玻璃在高温中融化，被吹出脆薄的形状，
多少年来，我都无从冷却蒸腾于其中的辛劳与贫寒，

一如我无法忘记殷勤而谄媚的灯泡厂厂长。我虚张声势地
和他简单聊了几句有关《劳动法》的贯彻，

是的，那时法律尚年轻，我也年轻，正如
工作台边高温灼烤下的额头满是汗珠的乡下姑娘们也很年轻。

简陋的流水线上一只只嫩生生而胆怯的小手，
转眼之间，必然已经枯萎；我也开始怀旧，

灯泡厂已经搬迁，我曾经喧哗的青春正在努力学习温柔，
城市里的灯光，看起来多么安静。

（原载《作家天地》2016 年第 8 期）

亲爱的生活

木　槿

请靠近阳台坐下来，我需要跟你谈谈
亲爱的生活
首先，我必须向你说明一件事
这些年，我并没有辜负你对我的厚爱
把一个人交给另一个人后，我变得更加疼爱自己
所以在很多时候，我原谅了一些时光
其次，作为一个把异乡当故乡的人
当我谈起牧草、天空、童年和一片草原
它们在另一个春天再次走进我的生活
其实，这一切不仅有我的童年，还有
我的骨骼、性情和爱
最后，若干细小的事情都证明了几个实情：
比如我的胸怀是窄的
我犯下的错误始终得不到谅解
还有我夜里做的梦，一天比一天凶猛

（原载《诗选刊》2016年9月号）

此　乡

尤克利

此乡，让我记住了人世间的甘苦
记住了熟人
熟悉的声音、脚步、背影还有眼神
此乡，听到了好多因果相报的故事
看到许多禽兽，漂亮的羽毛与丑陋的脑袋
人一样的眼睛闪着光泽

此乡，吃下了几车粮食和蔬菜
习成了几样好手艺，置办了几顿美味佳肴
几杯浊酒下肚
读了几篇好文章，写了几首酸溜溜的诗
匆匆就过去了几十年

此乡，看过了好多如画风景
磨坏了无数双鞋，穿旧了无数件衣服
此乡，从小就恋家，恋亲人，恋田亩
只用一个村庄做寄信地址
用一个名字结绳记事
一心一意敬酒，一爱就是一生！

此乡，我在这里
命运的偶然让人忍不住歌唱
我就是一个喝醉的老人
沉迷着摇晃身子的感觉，走过村街

（原载《山东文学》2016年4月上半月刊）

诗　歌

牛庆国

不能让亲人完成你的诗歌
这是我最近的想法
比如那些年我一直写着父亲
写着写着　父亲就老了　病了
接着写　父亲就走了
母亲也是这样
那些曾走在我诗里的岔里人
也都一个个先后走进了土里
如果土地是一张稿纸
他们都已成为再不能修改的诗句
难道悲悯　也会使亲人感到疼痛
难道卑微　也会被土地珍藏
那天我给母亲去上坟
整整一天都没看到一个人
岔里干净的土地上
草和庄稼一样寂寞
我担心如果再写它们
秋天就会提前赶到
杏儿岔也就会很快老去
我热爱诗歌
但更爱我的亲人
从此　我要在每首诗里
都写下祝福
愿每一棵小草也都好好地活着

（原载《白银晚报》2016年8月4日）

母　亲

毛　子

我厌恶肉体的衰老，尽管她是我的母亲
——痴呆，皱褶，昏聩中散发器官的腐朽……
特别是从抽屉里翻出她年轻的照片：
漂亮、照人，有着大街上
任何一个女孩一样的苗条，时髦。
我的厌恶更胜一筹。
我就想起四岁时，她从夜校回来
刚好遇到一支游行的队伍
她毫不犹豫拉着我的手，跳进欢乐的海洋之中。
她兴高采烈，喊着口号，唱了一支又一支歌。
我以为我的母亲会一直那样的年轻，而那支游行的队伍
也永远没有尽头。
但队伍散了，现在只剩下我的母亲和她的衰老。
剩下她的口齿不清和大小便失禁。
剩下她的现在时和我的将来时。
一想起这些，我的厌恶火上浇油。
可又有什么办法呢，我爱我的母亲，
我只能抱怨上帝设计生命时
没有做逆向的思索。

（原载《诗探索》2016年第3辑）

来自厨房里的教诲

毛　子

厨房里也有伟大的教导
——那是年迈的母亲在洗碗
她专注、投入。
既不拔高，也不贬损自己日常的辛苦。

写作也是一种洗刷
——在羞耻中洗尽耻辱。

可母亲举起皲裂的双手说：
我无法把自己清洗得清白无辜。

是的，母亲是对的。
是的，厨房是对的。

是的，在耻辱中
把自己清洗得清白无辜
是另外的耻辱。

（原载《诗探索》2016 年第 3 辑）

傍晚听吹箫

天　天

声音停在黄昏的嘴唇上
高楼的气息缓缓压过来
冬天　总有令人不忍侧目的空荡
河水还未结冰
桥上的行人有的青翠　有的荒凉
枯枝在风中抖索　仿似遥远的呼吸
从这一头到那一头
有寡情的少年郎已长成了父亲的模样
住在曲子里的人被遗忘了很久　被爱戴了很久
繁星似心头的沙漠　动一动就流淌
而箫声已止不住了
一直吹　草地上已坐满了灯光
一直吹　草地上已坐满了黑夜的情人

（原载《诗刊》2016年7月号上半月刊）

拉　锯

尹　马

两个很旧的老叟，在深冬的屋檐下
拉锯。黄昏，锯齿颠簸

一截疼痛的杉木，发出被撕咬时曼妙的呻吟

两个直不起身子的老叟，两个
在粉尘中用一把锯扶住对方身体的
老叟，哼着小曲为一棵树超度

“正月好栽秧，杉木土中藏。”
一直唱到腊月，唱到一棵杉木被肢解了
急促的一生，成为一副棺材的腰木和盖子

“腊月寒风呛，斧头闷声响……”
半弓着腰的老叟，攀着一根模糊的脉线
努力地爬坡、下坎、走弯路

两个看着对方慢慢矮下去的老叟
在拉锯；两个瞎子、聋子、瘸子
在乡村，守着泥土的空壳，在拉锯

两个害怕锯齿突然停下
就相互咒骂的老叟，在深冬的黄昏
推拉着苍茫的暮色，没有人看见

（原载《红豆》2016 年第 7 期）

燕山下

石英杰

乌云的翅膀一动不动了
草原仍然向苍茫的远处走去

孤独的山羊蜷卧着
眼里闪动的泪水就要落下来

我看了又看
怀疑她不是羊，而是一座受伤的山坡

（原载《诗刊》2016 年 1 月号下半月刊）

火烧红了乌云

石英杰

天空的乌云开始起火
风越来越大
火光映红了沉默的山坡
大海深处的火焰全部站了出来
金色的马群不断变换队形
短短一分钟
唱诗班被强行解散，魔法被收回
光把乌云重新还给了乌云，还给灰烬

躲在灌木的暗影里偷窥
我碰巧看到了全部
可我捂住嘴，轻易不敢说出秘密
我担心这些蹩脚的转述，会冒犯了神灵

（原载《诗潮》2016年第4期）

归　还

汉　江

请归还我能看清夜雨晨雾的眼
不忌酸冷辣热的胃
轮廓分明的腹肌
还有过目不忘的记性
易燃的激情、单纯的微笑
请别让我以手代脚，摸索前行
还抬不高腿，踢伤了鞋
别让我只能喝粥汤、输流汁
从一颗牙的晃悠
明白和警惕骨质疏松
我也归还一身锈渍和俗气
轻而易举的虚名薄利
以及不至于致命的情商
我愿轻装上阵
不再披铠甲，戴面具

（原载《大河》2016年夏之卷）

隐形的

邓朝晖

每一朵棉花都是隐形的
正如每一片云朵
正如夜路中偶尔闪出的光亮
箱子里藏着陈年的书籍和屈辱
萤火虫会嘲笑你
冷杉树有光洁的额头和深邃的长发
你不是一个人在走
偶尔有嫉妒的翅膀带你飞行
在吉祥的草原上
你的手上有自创的瘀伤
青紫的葡萄在身上炸开，流出
孤傲的血液
七月的天空，没有一样事物值得沾沾窃喜
你飞出去的钉子
总有一天会飞回来，钉住你

（原载《青岛文学》2016年第3期）

白在白上，轻而无声

玉　珍

我需要写下点什么，这样的夜晚
适合朝真理倾诉

正是深冬，遍地白雪
人间大道和稿纸一样平坦
雪之花凋零成河流
想家的人在大街上落泪

我的倾诉毫无目的，面对广大的黑夜
那儿有一群人朝我奔来
所有人里面没有敌人

推开心一阵阵紧促的风声
推开门人间没有死寂
是的，一旦我打开
就会有另一件事物必须关闭

我听见呼吸一张一合，太静了
犹如雪轻轻落下，白在白上
——轻而无声

（原载《中国诗歌》2016 年第 6 期）

薄　暮

玉上烟

流水已缓，但依然具有统治力
夕光在水面一一铺排开来
美而虚无
自东向西，几条运沙船
仍在逆势嗒嗒行驶
退潮后，河岸一侧的滩涂上
露出大面积黑色的石头
几百年了，多少翻滚而来的洪水
也不曾撼动它们半步
就像我，多少年华过去
今生仍稳稳地耽于此地
我把折来的一朵紫薇
轻轻放到江水里。看着它
随波逐流，渐渐消失
我想它会替我拜谒大海
这一生，有多少人事
近在咫尺，也两不相见
我久久地凝视江水
运沙船。照明灯
隐现的波纹。摇摇晃晃的芦苇
暮色还薄
明月尚未临幸江面
在我头顶
只有一只伶仃的苍鹭

拖着怆然的白羽
间或掠过昏黄的水面，又突然飞返

（原载《绿风》2016 年第 1 期）

鸟　鸣

东　篱

那时的孤独在于
除了读书、拾柴、割草、挑菜
就是满大街地疯跑
随后被骂成糟蹋粮食
这时，我会去油葫芦泊听鸟鸣
一浪一浪的芦苇
一浪一浪的鸟鸣
更加孤独时，我就带着捡养多日的小鸟
四处溜达
小鸟像忠诚的小狗一样，颠颠地跟着
像出生不久的小鸡一样，咕咕地叫着
后来，我几乎看不到鸟了
水泥路上飞行的
都是夹着翅膀做人的鸟人
更听不见什么鸟鸣
唯闻轰鸣
一切与鸟鸣无关的东西
都让我厌烦

（原载《诗歌月刊》2016 年 5 月号）

在路上

北　野

盲人不仇恨黑夜，驴子不抱怨旷野
怀揣着宝石走在路上的人，像流浪者
深藏一轮明月；而我两手空空
是心有所属之人，我的心为春风吹拂
为秋风落叶；为远方的惆怅疼痛得心潮明灭
而我又总是心系命运和悬念，又总是
被一双手抓住：一边安慰，一边劫掠
我像盲人一样无望，像驴子一样蹦跳
像水中的月亮一样迷惑不解
一个走在路上的人，一个身背悬崖的人
要到哪一座山冈才能放下自己？停歇脚步
或者沉默，沉默到需要被另一个人摇醒
而我自己仍记着前世的伤痕和落叶？

（原载《诗选刊》2016年2月号）

多年后

卢卫平

多年后，我将年逾古稀
没有衣锦，我也还乡

写完这首诗，我就开始注意饮食和卫生
坚持慢跑，不发怒，为多年后还能种丝瓜
小白菜、朝天椒、刀豆积攒一些力气
这是我一生相依为命的蔬菜
如果还有空闲，我将在我房前屋后
栽下一些竹子，竹子里的风声
会替我回忆我清贫的一生
如果下雪，竹叶上轻轻颤动的雪花
多像我的白发闪着逝去岁月的光芒
我有足够的耐心等到竹子拥挤时
开始编织竹篮，一天编一个
我为每个竹篮取一个乡土的名字
写五十字以内的编织笔记
这些无用的名字和笔记
只是为了给一模一样的竹篮
一个短暂的记忆和区分
一年三百六十五个竹篮，装着竹子生长
耗费的时光和我最后的积蓄
谁一无所有，谁口干舌燥
我愿意把所有的竹篮给他
我唯一的心愿就是他能打到水

（原载《诗选刊》2016 年 7 月号）

乡间的公路都是灰的

叶　来

一路上，乡间的景色都是灰的
那一年深秋，坐中巴从赣县
到宁化。在宁化境内
路旁的白色小菊
倒显得清艳无比，我一个人
在老旧的车厢里颠簸，那些小花
晃啊晃，竟然都是些人影
真像那些，长年躺在泥土里的人
借用植物，探出头来
看看生前的这个世界，现在是
啥模样了。草垛、败草、几所
旧屋散落在灰灰的白云下方
沿路没什么两样，都是颓景
车子驶过的地方，沙尘高调扬起
一会又归于平静，乡间公路
躺在那里，两旁的桦树、苦楝子
上个世纪还像个孩子
我把头伸出窗外，对它们喊了一声

（原载《诗刊》2016 年 9 月号下半月刊）

天空中撒满幼小的花瓣

叶玉琳

她还没有哭泣。这个六岁的小女孩
她认识的词汇有限
她还不知道分离
村小的生字课里，她常常要发呆
把孤独挂在望不到边的天空
那些不同尺寸的生僻字
在心里写了又写，默诵了又默诵
还是不能勾下一张陌生的地图

她编织着夜晚和星期天的礼物
心想只要一抬头妈妈就能够看到
她慢慢踮起脚尖
从松散的碗橱里拿出碗筷
从水缸中取水，洗衣
这些动作显然没人教过
显得突兀生硬
她多想好好照顾自己
不再为自己的小感到羞耻——
她太轻了，她的勇敢还不足以堵截一扇门
让它铺开一个香甜的梦

这是一个漫长的夜晚
音乐和喷泉离这里非常遥远
蟋蟀小灰狗也早已在栅栏边沉沉入睡

一个模糊的身影要多久才会出现
一封信还在途中

梦里，她小心翼翼地思索，看护
像一片幼小的花瓣停在天空

（原载《诗选刊》2016年10月号）

败酱草

叶丽隽

惊听一夜春雷。晨镜中，果然
燎泡上唇——唉，多么令人羞愧
我那虚弱、不洁的本性……

谁能预料，季节滚动着的深喉，繁殖的
是新生，还是新的恐惧？

还以为，我已远远地退后
败酱草一样
埋首于人世的低处
在苦涩的陈腐气中，沉溺并懂得：
山野之间，有着本然的救赎

几乎是一种呼唤呢——怀揣一腔虚火
我惦念着郊外

乱丛之下，那清热解毒的草木

诚如，再粗鄙的个体，也需要一个隐蔽所
一个在暗中，不断过滤的自我

（原载《诗刊》2016年9月号下半月刊）

黄昏停在老槐树下的两辆拖拉机

田　禾

两辆拖拉机并排停在村口的老槐树下
靠旧榨油坊的那辆坏了
刚刚修理过，拖拉机的旁边
摆着扳手、钳子、钢圈、齿轮
和两个瘪气的废轮胎
它像重病人一样，病了必须住院
剖腹开刀动手术
这辆拖拉机算是手术成功
两个肩上搭白毛巾的师傅试了试机
拖拉机轰隆隆地响起来
宣布它钢铁的内脏已经康复
哑默的喉咙又开音了
毕竟它们都有了些年龄
身体里还有更多老化的铁，磨损的铁
生锈的铁，近乎坏死的铁
像癌细胞一样，潜藏在它们的体内

有随时癌变的威胁，但它们
依然默默地支撑着生活
晚上它们像两个患难的老兄弟
更像两个前世的旧情人
头挨着头地躺在一起
没有接吻没有拥抱没有性
霜露更增添了它们的沧桑和苦难

（原载《文学港》2016年第5期）

是风带动了光

田　暖

所有的渴望都在这里
绝望。一批鲜活的词、舍利子

是我命运的一部分
命运。在蛋花汤里加了超量的胡椒和盐

而悲伤如酒，不必担心我强壮的胃
生活把一个人分成了三头六臂

灰尘一样忙乱，分娩一样撕裂
新愁一样怜悯自己的恐慌、人群的焦灼

早就知道一条黄金定律套牢了始终

感谢旧又把新埋进了新坟

你的喜悦、惊讶、乞求、爱欲和战栗
全是无效的药汤，我在这里安命定居

摆弄着穿胸而过的雾、霰和日月星辰
是风带动了光，每天挑旺我的心

我在这里生，亦如在这里死
我遽然经历的，也是你正承受和经历的

（原载《星星》诗刊 2016 年第 5 期上旬刊）

小草不是风的奴仆

田　湘

小草是风的语言
而不是奴仆
它用身体的语言说出风
它倒下，是让你看到风的方向
而不会像树枝折断自己

风没有故乡也没有离愁
而小草有，它有一厘米的国土
它害怕离别
它生在哪里，就会死在哪里

它会让你看到它的骨头

小草有翅膀，但从不飞翔
正如石头有门，但从不打开

风想带领小草云游世界
小草只在风中摇曳
但绝不随风而去

请看
小草的腰如此纤细
却能与十二级台风共舞
风给予的一切
它都能承受

（原载《天津诗人》2016年冬之卷）

《流民图》其一：万齐舅

兰 童

他常借来鹦鹉的舌头
使乡村现场的妇童铜片般笑成一片
把杀气阻挡在天堂之外
暮色四合，杀气更重
他又借来青蛙庙宇尽颓的声囊
在天上，在林间，在地壳的中心

呜呜地哭。他哭死去的父亲
哭乡村仅剩的幼年之幼，老年之老
哭老鼠偷灯因饥寒
和尚跳墙为野合
哭自己那条百步而乏的跛腿
一个四十来岁的光棍哭着哭着就睡着了
在梦中，他像剥鱼一样撕开她的双腿
而这一撕仿佛约等于一生的意义
约等于一个帝王的鸿鹄之志
一个穷人的苦中甜，肉中刺
死中欲死，活里再活
哦，他一口饮尽了乳房里悲鸣的黄河

（原载《星星》诗刊 2016 年第 4 期上旬刊）

标 记

代 薇

不在这里与你们汇合
今天我依然不把爱说出口

我爱上生活中的一切事物
然而是以决裂
而不是以同流
是以审视
而不是以颂扬去爱的

我假装无情
其实是痛恨自己深情

我要你们将来在任何想起我的时候
痛心疾首

（原载《读诗》2016年第3期）

美　好

白　兰

如此安静的一个下午。我走在岔河北岸
败叶们如枯叶蝶一样挂着
雪在远景中闪着光……
曾经蒙尘的事物们都干净了
我的脚下
旋着光

再没有什么让我心动。以往攥紧的
轻轻松开
以往燃烧的
一一熄灭
生活的阳面和阴面我都看清了

三只羊在白光中，安详地寻着枯草
一只鸟窝高高地挂在枯枝上

多美啊
一抬头，一只鸟影子一样飘过……

（原载《山东文学》2016年6月上半月刊）

唯愿这世界纯美如雪

白　兰

唯愿这世界纯美如雪。
你送到我耳边的每一句话
都叠加着黑夜的空灵和雪花的轻
这世界太沉了
我的心又过于单薄
唯有这不带半点烟火的心意
雪花一样轻轻落在我的心上。

我捧着这短暂的夜色之光像捧着一枚圣果
果皮鲜美
果心甘甜
我紧紧捧在手心
以此来消融我心里的冰雪……

（原载《山东文学》2016年6月上半月刊）

我的村庄

白　玛

老屋和火红的石榴树不见了
全村老少站在寒风中默默送行的葬礼不见了
大雪封住通往二疙庄集市的小路
三只命不由己的哭泣的山羊不见了
夹着青草味的炊烟不见了，祖母也就不见了
梁平王尚未西征，点亮乡村之夜的瞎子说书人不见了
那些演绎在山东大地一隅的
一个小村落的小人物的生死悲欢都不见了

（原载《人民文学》2016 年第 8 期）

失　败

白　玛

减肥失败，恋爱失败
一次去往沼泽地的旅行失败
烤面包、练倒立失败
画一只豹子来到北京的金山上失败
做白日梦失败
制止发达的泪腺失败
劝一个患了口渴症的人投河失败

这头叫作失败的野兽操纵我
我渐渐变温顺，像是自己的前任
像快要腐烂的水果信任无限春光
就在昨天，给一个孤僻的人发纸条失败
驱逐一只窥视我的蝎子失败
因为饱尝失败，唯有晒出我黄金蟒的文身

（原载《人民文学》2016年第8期）

见你如初见

宁延达

城市里二十层的月光是从童年山坡上溜出来的
我认出它是因我时常从记忆中搜寻它

我忘不掉你是因为我爱你
就像我爱的月光　相隔这么多年还是一下子就能认出它

但那不代表我真的爱你
我爱的其实是我爱你的那一刻

我们都已习惯于彼此越来越陌生
直至走入陌路
所以我爱的已经不是你
只能是曾经的你
如果你回到那一刻　我会重新爱上那一刻

所以你恨的已经不是我
只能是曾经的我
就怕我再也等不到那一刻
就怕你再也不愿回到那一刻

此时的月光清冷而干净
穿白裙子　头发很长
它来二十楼看我
幸福在心头涌动

如果此时你来见我
得穿白裙子　长发飘扬
我们抹平所有过往
见你将如初见
开始将如开始

（原载《诗探索》2016 年第 3 辑）

易碎品

宁颖芳

我爱的，都是易碎品
花朵、果实、露珠、彩云
白瓷、琉璃、青春、爱情……
我因此写诗

为瞬间的美，一遍遍塑像
试图把星辰打磨成钻石
在鲜花中萃取香水
把葡萄酿成酒
在这漫长的过程中
一颗心，不再易碎

（原载《延河》诗歌特刊 2016 年第 4 期）

明天备忘录

宁颖芳

深夜，我写下
明天备忘录——
母亲的降压药
父亲的止疼片
孩子的防雾霾口罩
还房贷
信用卡还款
买萝卜、白菜
买水仙花和一支新款口红
看墙角盛开的那株蜡梅
写一首诗

（原载《延河》诗歌特刊 2016 年第 4 期）

台风过后

乐　冰

台风过后
大地终于安静下来
一只小鸟在树上忙碌
修整被台风吹得东倒西歪的房子
它的一个孩子
像一个不谙世事的乡村少年
在草地上蹦蹦跳跳
它先是试了试嗓子
接着，朝着蓝天大喊了起来

（原载《诗江南》2016 年第 2 期）

我只是一段用旧了的老时光

包　苞

午后的睡意越来越淡
晚上也是

我更痴迷于闭上双眼，在一架摇椅上虚度时光。
或者听秦腔中永远刮不停的因果相报的沙尘
品茶水中阳光的明灭晦暗

或者，听窗外鸟声中，浮起一座座空山

我越来越惧于外出走访、应酬
也惧于打开书橱里那些堆积如山的蒙尘的书卷
我只是靠着书橱，闭上双眼，一坐就是半天
我不想翻书，也不想扰动书卷上安静的浮尘
我只想静静坐着，一任窗外的风
将我轻轻晃动

有时，在轻轻晃动的摇椅上，我像一个熟睡的婴儿
有时，我像一个安详的深陷弥留之际的老人
更多的时候，我只是一段用旧了的老时光
在渐渐变暗的过程中，坚持着那一抹暗淡了的明亮和温热

（原载《中国诗歌》2016 年第 7 期）

雪的意志

冯　娜

二十多年前，失足落崖被一棵树挡住
婴孩的脑壳，一颗容易磕碎的鸡蛋
被外婆搂在心口捂着
七年前，飞机猛烈下坠
还没有飞离家乡的黄昏，山巅清晰
机舱幽闭，孩子们痛哭失声
这一年，我将第一部诗集取名为《云上的夜晚》

五年前，被困在珠穆朗玛峰下行的山上
迷人的雪阵，单薄的经幡
我像一只正在褪毛的老虎，不断抖去积雪
风向不定　雪的意志更加坚定
一个抽烟的男人打不着火，他问我
你们藏人相信命吗？

我不是藏人，我是一个诗人
我和藏人一样在雪里打滚，在雪里找到上山的路
我相信的命运，经常与我擦肩而过
我不相信的事物从未紧紧拥抱过我

（原载《诗探索》2016 年第 4 辑）

蓝

冯　娜

去见你　我绝不可能穿宝蓝色的睡衣
海愤怒时候的蓝　周身沾满情欲的蓝
沉默得可以泡在泪水里腌制的蓝

去见你　我穿戴一新
别针还泛着银光
我的口袋里什么都没有　除了可以贩卖的
灵魂里不纯粹的那一半

喔　我忘了告诉你　我的眼睛里还是含着蓝
隐形眼镜的蓝　童话念到一半的蓝
我望着你　突然不敢伸手捉住你的蓝

（原载《星星》诗刊 2016 年第 1 期上旬刊）

与母亲聊天，还差一厘米就回到了童年

老　铁

下雪了，外面很冷
母亲坐在床沿上
我与她面对，端正坐着
脑海中遴选着话题

与母亲聊天，大约有五十年的
时空距离，我们坐在
房间里，就像坐在一辆
正在倒退的列车上
沿途，基本没闪现她的
标志性记忆

其实，与母亲聊天
往往就差一厘米，就回到了童年
譬如，她每次都会提及
我额头上一厘米的疤痕

但她却想不起这个疤痕的来历了
只是每次在离开时
反复叮嘱：慢慢走，当心摔跤

每次听到这句话
我总有点伤心
但很温暖

（原载《诗探索》2016年第3辑）

光　阴

亚　楠

这水的霓裳滑落，在高处
他用沉默告诉我一个关于春天的
秘密。花开了，人们用
诡谲完成潜航——

都在我的视野之内
并且这也说明失去的已经无法拥有
那就珍惜现在吧
它已成为生命的经幡
发出光亮……这持久的守望

必将获得救赎。但我刚刚醒来
就像一匹狼朝向山谷

用寂静完成逡巡
夜深了，星子坠落忘川

（原载《扬子江诗刊》2016 年第 2 期）

五　月

亚　楠

风变得更加柔和了
燕子归来，田野上的花朵
用寂静打开自己

显然，我只是听到了大地的微响
和它缓慢的舒展
在风中，影子轻轻晃动

它的经幡，以及绿叶的
梦想。但我并没有记住它们
那些细微的差别

也显示出，绿叶
古老的光谱，和黑色记忆
中飘移的白帆

啊！田野上春光明媚
辛勤劳作的人，他们在自己的土地上
把最初的种子变成果实

（原载《青年文学》2016 年第 4 期）

把羊群赶下大海

西 川

请把羊群赶下大海，牧羊人，
请把世界留给石头——
黑夜的石头，在天空它们便是
璀璨的群星，你不会看见。

请把羊群赶下大海，牧羊人，
让大海从最底层掀起波澜。
海滨低地似乌云一般旷远，
剩下孤单的我们，在另一个世界面前。

凌厉的海风。你脸上的盐。
伟大的太阳在沉船的深渊。
灯塔走向大海，水上起了火焰
海岬以西河流的声音低缓。

告别昨天的一场大雨，
承受黑夜的压力，恐怖的摧残。
沉寂的树木接住波涛，
海岬以东汇合着我们两人的夏天

因为我站在道路的尽头发现
你是唯一可以走近的人；
我为你的羊群祝福：把它们赶下大海
我们相识在这一带荒凉的海岸。

（原载《新诗想》2016年第3期）

月光十四行

西　川

人在高楼上睡觉会梦见
一片月光下的葡萄园
会梦见自己身披一件大披风
摸到冰凉的葡萄架下

而风在吹着，月亮里
有哨声传来，那有时被称作
“黎明之路”的河流上纸船沉没
大雾飘过墓地般的葡萄园

而风在吹着，嗜血的枭鸟
围绕着葡萄园纵情歌唱
歌唱人类失传的安魂曲

这时你远离尘嚣，你拔出手枪
你梦见月光下的葡萄园
被一个身躯无情地压扁

（原载《新诗想》2016 年第 3 期）

这多么像一个下跪的姿势

西　娃

你拄着拐杖出现
看到我的那一刻
你又哭了
妈妈
你明明知道
这是许多年来
我害怕回家的原因
而你见到我
只会哭，只有哭
小时候父亲有外遇
你对着我哭
弟弟坐监狱
你对着我哭
侄儿逃学
你对着我哭
没有任何事情发生
你也对着我哭
你什么话也不说

我也什么话都不说
只给你递纸巾
再给你递纸巾
还给你递纸巾

这一次
你见着我
两只手一起抹眼泪
拐杖倒在一边
我及时趴在地上
充当了它
这多么像一个下跪的姿势

（原载《诗刊》2016年5月号上半月刊）

雪

西 渡

需要多大的一块橡皮
才能擦去大地上所有的
肮脏的、混乱的文本。
午夜的降雪多像秘密的心愿。

印刷的反向过程，无声地
持续整夜的降雪
归还大地一张巨大的白纸；
会思想的鼹鼠走向更深的地底。

从飞机的舷窗望出去，
大地多干净，
连一个字也没有，
连一片思想的云影也没有。

（原载《扬子江诗刊》2016年第5期）

我在万物中找到你的名字

吕　达

去年你爱的那个人今年是否还能爱
去年的雪夜今年是否还在闪烁
去年我还有许多尚未绝望的事物
今年啊今年，只剩我还在感叹过去的好时光
今年啊今年，被取代的都是我一生中最珍贵的事物

我不是你造的器皿
南方的雨把我的心下成了筛子
我却没能网住任何生命和意义
美人依然美得独具风骨
山和山之间只剩下你，哦
虚空的虚空
我们是完美的仇敌

（原载《诗刊》2016年9月号下半月刊）

策马行

吕贵品

在一条扶摇飘逸的路上
路两岸莲花开放！

我在莲花之中正策马而行
策马而行，策马而行，

心跳是马蹄声声
全身的血液是一匹红马驮着我

当下。天地缥缈
我的身躯正高举飘飘的银发
骑着那匹红马争分夺秒向前驰骋

人类的脑袋
戴着发套在红马群上移动
如同熙熙攘攘的肥皂泡一个个地破灭了
红色的马毛开始脱落
落在山巅飘起一缕晚霞

我的红马倦了　不想驮我了
红马跌倒　心跳的蹄声刨起一阵黄土

我只好弃马驾鹤而行
我顷刻身轻如云
我不用在生命之中呻吟了
离开那匹红马我会更自由地飞翔

（原载《作家》2016年第8期）

少女踩过冰冻的草坪

吕德安

少女踩过冰冻的草坪
细微的脆裂声传入体内

那不是蛇的咝咝声
而是雪缝里仿佛有知觉的草

发出水晶般的喊叫
上帝啊——某些东西

确实镜子般碎裂了
正如那少女仿佛要跌倒时

所震惊和预感的——
然而什么也没发生

只是她仍旧站在那里，晶莹剔透
思量着自己轻妙的足迹

（原载《读诗》2016 年第 2 期）

北山石仔峪

任怀强

溪水沿谷而流
没过脚丫　像山光转换
悠然而过　聚首一谷
仿佛无数个日子里的一片
紧凑又独特　像
郁葱的林木　每一棵都相像
却各有不同　我们
像为相遇而来　又却为
离别一起归去　人生的欢宴
欢送也是美好　有什么比
大山更安稳的　我们
来与不来　它都一样
不悲不喜　却敞开了胸怀
让我们放肆说笑　欢颜
我们是不是为了草木而来
只是成为其中的一株
一生只是大山的陪伴
但更多的是倾听流水
以及山谷里的风

（原载《星星》诗刊2016年第8期上旬刊）

听音乐会

伊　沙

理查德·施特劳斯的
《随想曲》
听得我想哭
终于热泪盈眶
马勒的《大地之歌》
听得我想跑
在蓝天下裸奔
贝多芬的四段华彩乐章
像巨人的四只大手
掌控一切
攥碎我心
又像巨人的脚趾
从天而降
踏过我身

（原载《诗潮》2016年6月号）

秋　风

伊有喜

我看到最早的秋风是在希拉穆仁草原

辽阔的草原　长着夏天的蚱蜢　夏天的花和草
一种紫色的花　一种白色的花　在我心中轻轻地摇晃

我看到天蓝色的哈达　哈达上的白云和马头琴
我看到缓缓隆起的草原有着它们的投影

在背阴处　我抚摸到凉飕飕的风
它们聚拢着　像我内心咴咴的马群
而现在　它们终于抵达　让我咳嗽

（原载《诗潮》2016年10月号）

两只羊

向　迅

若不是它们的叫声
与它们的颜色一样洁白
我一定不会发现它们

若不是它们的颜色
与它们的内心一样洁白
我一定不会记住它们

若不是它们的内心
与我的童年一样空旷
我一定不会像这个黄昏一样

不停地举头回望

它们被主人遗弃在荒野
一整天的时间
它们都在咀嚼像秋天一样蔓延的孤独

只有我和母亲从那条荒芜的
小路上经过时
它们才从青草间抬起神一样的脸

那样干净
那样善良
那样慈悲

与我在长沙看见的那些
被拴在某条马路边
无望哭泣的羊没有关联
与地上发暗的血迹没有关联

它们洁白的叫声
在这样一个可有可无的黄昏
叫醒了一个沉睡多年的少年

而更多的黄昏
也被叫醒了

（原载《飞天》2016 年第 8 期）

雾中读卡夫卡

朵　渔

整个冬季，浓雾像一只安静的笼子
扣在我头上，太阳脆弱如树上的霜
每一桩悲剧都自动带来它的哀悼装置
毋庸我多言，我只需交出嘴巴
仍有一些冰闪烁在黏稠的空气里，像密伦娜的信
轻快的鸟儿如黑衣的邮递员在电线上骑行
在确认了轻微的屈辱后，我再次交出耳朵
郊区逐渐黯淡下来，地下像埋藏着一个巨大的
矿区在隆隆作响，我合上书，交上眼睛
并成功地说服自己，独自营造着一个困境
而现在，一只甲虫要求我对困境做出解释
就像一首诗在向我恳求着一个结尾
现在，我唯一的困境，就是找不到
一个确切的困境。

（原载《读诗》2016年第4期）

轨　道

朵　渔

窗外下着雨，人行道上的女孩

头发湿漉漉的，不时侧过身来
在男孩的脸颊上轻轻吻一下
男孩背着包，双臂环抱，伸手
在女孩的屁股上捏一把
隔着玻璃的哈气，看不清外面
但有一种青春的快意洋溢其间
还有某种似曾相识的失落的残余
一些美好的东西并不一定拥有
一些美好的人也只是短暂相遇
唯有自身的罪过会跟随一生
自身的罪，以及一些难言的隐衷
隐秘如房间里不绝如缕的钟表声
嘀嗒，嘀嗒，嘀嗒，像一列火车
静静地数着轨道上的枕木。

（原载《读诗》2016 年第 4 期）

一切都还在进行

吉　尔

有时候，想给你打电话
手指摁了下去，又收回
“说些什么呢？”
生活和思念都变得陈旧，书翻旧了很多本
而周围，个人命运与乡土命运都有着共性

在办公楼的右侧，是一所中学
孩子们总是欢呼雀跃，羽翅扑闪
像是未来无始无终，而道路鲜花簇拥

在办公楼的左侧是医院的太平间
早晨上班的时候，遇到发丧的队伍
大把的纸钱从汽车上撒下来
像那么多没有归宿的人
穿孝衣的中年男人对灵车的司机说
“慢一点” 声音里充满了痛惜和不舍
仿佛灵柩里的人，再也经不起人世的颠沛

常常是孩子们的欢呼声和守孝人接二连三的号啕声
在同一个下午同一扇窗子传来

（原载《诗刊》2016 年 7 月号上半月刊）

这些诗歌

庄晓明

没有这些诗歌，世界依然存在
但我的生命却有了致命残缺

世界与我，并非擦肩而去
一粒石子落入水中，水位自有了微妙改变

扩散的涟漪，逗引水草摇曳
某位独钓的渔翁，视线忽而倾斜

他的无钩的钓线，沉沉提起一束光线
而我隐在水下，世界波光粼粼

（原载《星星》诗刊 2016 年第 10 期上旬刊）

这是平常的一天

朱建霞

苏园里的那棵老槐树
即使春天的消息传来
也不着急发芽，含苞，开花

太过模糊的记忆
与我谨守的苏园无关，与喧嚣无关
与风云突变的世事无关

我只是知道，这座小小的花园
越来越多的槐树，在万物的光华中
将身子摇晃

多么富有啊
苏园的广阔，足以盛下
我摇晃的心

（原载《山东文学》2016 年第 3 期下半月刊）

李叔同的笔

冰　峰

李叔同的笔
是一支拈花惹草的笔
也是一支六根清净的笔
他的笔，有佛的禅意
有情的灵动
也有生活的平淡与宁静

他的笔，题过诗
写过戒律
抄过佛经
创作过《送别歌》
画过裸体画

……

我想，如果这支笔
没有遇到李叔同
没有遇到
一个会使用它的人

这支笔是多么痛苦啊

（原载《扬子江诗刊》2016 年第 5 期）

半个我

龙 泉

老师说我，上课不够用心
前一段还可以，后一段只有半个我在听
领导指出，如果你工作能 100%投入
你的人生将比现在精彩几倍
妻子说，你每天早出晚归
有时几天不回。是不是也在提醒
只有半个我在跟她一起生活
这半个我，让我胆寒心惊
那幽灵一样飘荡的另一半
在哪里？是不是一直附在我的体内
跟你在一起，一直盯着你看的那个人
和你说话，一起走在阳光下的那个人
与你肌肤相亲灵魂相吻的那个人
是不是也只是半个我？半个我
神出鬼没，多么可怕的事实
半个我，多么真切的存在
它游离体外，又深入骨髓
和我一起，一生一世逍遥自在

（原载《诗选刊》2016 年 7 月号）

西溪村的黄昏

刘 年

胭脂花准时开了
七只白鹅，从河里上来，整齐地向杨家走去
板栗树下，老人们各自回家吃饭
26 岁的胡三宝还站那里，含着手指，卑怯地微笑着
他的对面，青山含着夕阳

每个美丽的村庄
都有一条小河、一棵老树、一个胡三宝一样的痴人
他们都是大地上的神

（原载《山东文学》2016 年 2 月上半月刊）

遥远的竹林

刘 年

水舀满后，倒回湖里
再舀，再倒
手可以感觉到，水的欢欣和颤抖

摘猕猴桃的时候
挑小的，丑的，有伤的

好的，留给过冬的猴子和山楂鸟

写一封绝交书，用魏碑
从此，不关心户口、税收和物价
竹子，一生只开一次花

弹《广陵散》，并长啸
啸声带有咳嗽
生活如此静美，痛，来源于大地
拱动的，可能是竹笋，也可能是冤魂

牛车上，装一坛竹叶青
沿那条竹影斑驳的土路走
莫打牛，莫骂牛
它知道，什么速度最适合黄昏

莫抢酒杯
小心划伤你的手
酒坛后面，有一把锄头
——死，便埋我

（原载《读诗》2016 年第 1 期）

一枚黄叶飞进车窗

刘　春

它在那里躺着，安宁，静谧
像一个平和的老人在藤椅上休息
不想被外界干扰

我仔细地观察它：通体透黄，纹路有力
没有季末的苍凉，莫非
它在到来之前悄悄地进行过修饰？

这个早晨，我在医院门口
等待复查旧病的父亲。不知何时
它乘秋风来，落副驾驶座上

它肯定有过不为人知的过往
肯定稚嫩过，青翠过，和风雨冲突过
它肯定知道自己有离开枝头的一天

就像我们的父亲，曾经倔强、好胜
动不动就和现实较劲
终有一天，变得比落叶还要安详

这样想着，他就来了。坐进车里
一声不响。我看不见他，我的眼睛
塞满了落叶的皱纹

（原载《山花》2016 年第 3 期）

安静了

刘　厦

雷还在远处
风已经来了

知了还在叫着
在秋天的第一场雨落下之前
它是否知道这是最后的欢愉

一切还很无助
但风一阵阵将我推向远处

我开始一点点将尘世忘却
就像风吹掉满树的叶子
最终只剩永恒的身躯

冷与暖这人间的两极
让多少人眺望天涯

我将用前半生消瘦为奴
换来后半生的修炼成仙
最终的一无所有
将是我来人间最圆满的修行

知了突然就不叫了
安静是多么清晰的声音

我听见
雨点先落在菜叶的身上
后落在我的身上

（原载《诗探索》2016 年第 4 辑）

山下的路

刘 普

山下的路有些坎坷
有些坑洼，也有些浮石
大车到此，不由自主地颠簸
丢下几块矿石，或一些矿渣
算作买路钱吧

有火车偶尔穿过
声音有些喑哑、有些粗犷。庞大的身躯里
有时是货物，有时是空的
看道口的是个黝黑的小伙子，他挥动着旗帜
那动作那手势
和古人没什么两样

时间长了，我会走一下山下的路
没有别的，只是想体验一下
这里短暂的坎坷

（原载《作品》2016 年第 4 期）

一块地荒了

刘　普

一块地荒了
长出了杂草，像一个邋遢的人
胡子杂乱地飘
它献出的粮食已经吃光
天生苦命的酸柳长在中间
两边是芨芨草
偶有野兔出没，还有贪婪的田鼠
悄悄地来
父亲歇息时坐过的石头变薄了
母亲汗水洒过的地方
长出了野葵花，静静地烧
当年开垦这块地时
用了三个人两天的力气
因为它的产权发生过口角
两家至今还不说话
它长出过养活一家的小麦
也长出过我不爱吃的豆角
中间的一块冥顽的石头
把劳作的父亲绊过一跤
一块地荒了，荒得让我
无话可说。荒得让我
听得见它内心狂躁的心跳

（原载《作品》2016年第4期）

同床共眠

刘立云

睡觉的时候他从来不脱内衣
从来都是先把灯扑灭
在黑暗中进入
像个贼

他黑？这是当然的。看得见的地方
像夜晚那么黑，像煤炭那么
黑。看不见的地方
她从未看过，虽然她是有资格看的

就是个农民。野蛮粗黑那种农民
连做那种事也像耕地
下死力气
喉咙里传出咕噜咕噜
牛饮的声音。她感到他是在用骨头硌她
用铁硌她
那么冰凉尖锐，那么硬

那天，他躺在那里还是不脱内衣
这次他是不得不要脱了
这次她帮他
脱

六十年后。终于，她被这个人吓坏了

被他满胸膛丑陋的疤
被他满胸膛丑陋的疤歪歪扭扭
标着的那些地名

比如娄山关，比如大渡河
比如雁门关，比如黄土岭

六十年。她发现在她的床上
睡着一只老虎

（原载《解放军文艺》2016年第10期）

前桦岭

刘克祥

像我的母亲
瘦得一阵风就要吹起来
瘦的山坡，瘦的牛羊，瘦的草
送水车还没有上来
上山的路又断了
村子里已经没有了几户人家
低矮的房屋半天走不出一个人来
只有留守妇女与儿童
以及一辈子走不出山里的老人
默默相守
山挖空了，耕地也少了

偶尔会有几辆运煤车经过
留下所谓十元二十元的“买路财”
不给也得给，似乎某种默契
靠山吃山，但他们却没有看见自己的伤疤
在山坡里若隐若现
瘦瘦的阳光，瘦瘦的风
我看见孩子奔跑着
揣着坚硬而又粗粝的梦想
听见笑声了吗？多么真实
但山路却瘦了一圈

（原载《稻香湖》诗刊 2016 年第 4 期）

母亲看着我过年

刘成爱

母亲看着我们过年
我的布鞋没了鞋跟
我的棉袄露出了棉花
母亲看见我在一个个地摊前停下
接近年关的集市
牲口市上的人明显少了
鞭炮市上的人明显多了
我在飘飘扬扬的雪花中发呆

母亲看着我和兄弟姐妹们围着破桌子

几个人分吃一块年糕
几个人盯着供品和香火不说话
母亲坐在北墙上的镜框里
我们齐刷刷跪下来
给母亲磕头
我们的悲伤使房子有些摇晃

（原载《山东文学》2016年1月下半月刊）

只有白霜和秋风知道……

刘成爱

只有白霜和秋风知道
其实我过得并不幸福
我的家产比以前富足
但我的腰却驼了
余下的时光已经不多
我会更加珍惜每一个秋天
我希望自己的血液在一朵葵花上流淌
更希望自己安静
像没人看见的种子
当它从枯黄的草上悄悄落下
我希望娘的召唤
将它领进土里

（原载《山东文学》2016年1月下半月刊）

黄　昏

灯　灯

湖面如鼓。燕子低飞如汉字。
有人在云中泼墨
有人在京剧中换脸谱

不能言说的，太多了
不能言说的
正是我们想说的

——只有风，在遥远处
带着折痕转身

雨后，光如初生。
——像某种久违的歉意。

（原载《青年文学》2016 年第 4 期）

在沙漠

灯　灯

沙子有众生相。忽雄忽雌。
一会是我慈祥的父亲

一会是我暴躁的母亲
一会是我。
此时，夕光盛大，一眼望不到边的
是天空的餐布
此时，他们隔着金色的夕阳
在同一张餐桌上
共进晚餐
像我小时候那样
像我小时候那样
此时，他们隔着茫茫的生死
隔着我在世上
不肯屈服的这么多年
此时，没有飞鸟
我就是飞鸟
代替父亲，一直在飞……

一切都宁静了。
无数沙子，熄灭自身的风暴。
我抬头
看见夕光盛大
我又低头，像
温柔地赎罪。

（原载《星星》诗刊 2016 年第 6 期上旬刊）

在精神病院

江一郎

他拉着我，神秘兮兮问我
你知道我是精灵，对吗
接着，沮丧地告诉我
他已经丧失隐身和飞翔的能力
因为翅膀丢了
环顾四周，又用不屑的眼神
打量身边人，愤恨地骂道
瞧这些杂碎，我怎么
可以混迹于他们中间
贴着我的耳朵，他继续细声诉说
多少个夜晚，他在梦里回到故国
见到慈爱的老母亲
但那些杂碎一尖叫，梦即破碎
泪流满面地惊醒
他一边述说，一边深信不疑地看着我
用力摇我的手，他说兄弟
你也是一个精灵
来拯救我的
我们回去，现在就离开这该死的地方
然而，当他用另一只手，摸我的
背脊，他大惊失色
兄弟，你的翅膀呢
喊过之后，抱着我号啕痛哭

（原载《人民文学》2016 年第 2 期）

星 光

江一郎

小时候，我在乡下，睡不着的夜晚
我会爬上自家屋顶
村野，异常静穆
只有穿林而过的风，留下声响
像留下细长的尾巴

空旷的沙石公路，再无人经过
落日的班车，天黑之前
已经驶回梦中

但路的尽头，有星
诡异地亮着
那是一群夜行人，只是
这些夜行人啊
走在天边

不知道身后，有个乡村少年
坐在黑暗的屋顶
望着他们
越走越远

（原载《文学港》2016 年第 9 期）

你是我的果冻

宇　舒

你是粉红色的
我想把你吸进去
可我怎么也撕不开
粘在你表面的坚强的纸

我开始怀疑那层坚硬的纸
是长在你皮肤上的。
我开始满怀渴望，满怀恨意
可我没用牙咬
我怕弄碎了你

我只是注视着
猜想着，藏在内部的你

（原载《诗探索》2016年第3辑）

致雪，致我的雪

宇　舒

25年前的雪
落在40岁的清晨

已没有一颗钉子
能钉伤我内心的雪花

那个叫雪的人
一再飘进我，最虚无的角落

从我的体内，掏出风暴与雷霆
清扫我一碎再碎的瓷器
并给我最亮的阳光
最丰富的歌吟

……亲爱的，当他们说起雪
我就会这样，想起你

（原载《诗探索》2016 年第 3 辑）

我 在

安 遇

我在无限接近她，而且我知道她在低眉看我，就像月光跟着孤独的狼，在移动，为它照亮旷野，山岗，河谷。为什么我在自己的梦里也不敢久留。为什么我对周遭的目光悲狠狠的。

（原载《诗建设》2016 年春季号）

不知道是秋天了

安　遇

不知道是秋天了，这不是什么事
现在的事一件接着一件，你看先是春天来了
我们不知道春天来了，后来一转身一抬头
被更短的裙子吓一跳，还没明白过来又是夏天了
这也不是什么事，因为我们正在忙着赶往今天发生的事
好事烂事，电话一个接一个地来，想躲是躲不开的
你看现在又是秋天了，我们不知道是秋天了
空旷的屋子只剩下你我争吵不休
有收获的人，他们早走了

（原载《凤凰读书》2016 年 1 月）

北京辽阔，陌生而又孤单

孙方杰

你说，北京辽阔，陌生而又孤单
当一种糟糕的心情
埋没了人生的星空和圆月，料峭的寒风吹来
洞穿前额上的郁悒
我通常会坐上一辆开往郊外的公共汽车
在终点站下车，经过一些庄稼

有时也经过蝴蝶的艳丽裙子

对于孤单，我通常会在郊外的山坡上
看远方的事物在天际线的下方伸展
那些依稀可见的矮树上
梧桐或者槐树，都挂满了蜜和闪光的生机
当我从太多的愁肠中回过神来
就站在济南的郊外，大声地喊你
看啊，那些在孤单中度过的光阴
犹如一只受委屈的小兽
在拼命地咬着流年虚度的嘴唇

而人生短暂
这样带着折磨自己的忧伤度日
该多么的不值

（原载《诗刊》2016年2月号上半月刊）

在这里

孙晓娅

在这里
你完全可以
击落星星
从它的茎部
从它的根须开始

在这里
你可以邂逅天使
邀上虫鸣　蛙吟
甘泉和月辉对酌
沉醉处
看她缓缓飞天的笨拙

在这里
蓝色四溢
绿色跳跃
心散漫成七巧板
安放山川之上
忽略黎明的叫早

在这里
我是一株霍麻　龙胆草
等待开放的决明子　马兰　金银花
或扎根地表的水稗　葎草　马唐

在这里
我用泥胡菜为城市清热消肿
用龙葵溶解钢筋水泥

（原载《诗歌月刊》2016年第8期）

马牙雪山

阳 飏

1

天已经开始暗了
很快，你就会看见
满脸苍白背着一大块冰
慢慢翻过马牙雪山的
今夜的月亮

2

藏族画家奥登说
那是一个月黑之夜
一头上千公斤的牦牛被狼咬掉了半边的睾丸

一头牦牛的疼
瞬时间让马牙雪山失去了平衡
趔趔趄趄的马牙雪山，使我的诗意有点残忍

奥登一边喝酥油茶一边和我们聊着家常
帐篷外
积雪的缓坡上高山杜鹃开成一片

（原载《西部》2016 年第 2 期）

深陷在人间

羽微微

逃是逃不出去
神说如此，便如此
但我仍然对神心存疑惑
疑惑神也会来不及孕育奇迹
疑惑没有神
再微小的尘埃
还是会懂得许下愿望
再微小的愿望
还是会往呼唤它的方向奔跑
但我啊，我说，我深陷在人间已久
唯有将热爱过的事物
再热爱一次，唯有在人间
看那些美好的事物，顺从着时光
显露出毫不挣扎的样子

（原载《星星》诗刊 2016 年 1 月上旬刊）

秋　日

远　洋

一泓碧水，照出森林倒影

一只蚱蜢小舟，静静地泊在水面
一抹橙色的阳光，晕染着早晨
苍翠葱郁的峰峦
岸畔山坡，白屋在绿荫掩映中
寥廓的天空，白云飘游
给群山投下墨绿的阴影
蝉噪歇息了，画眉鸟也不再啭鸣
偶尔，松林里传来
斑鸠咕咕的叫声
仿佛在低低地呼唤谁的乳名
回不去了，永远
我也不愿回到那饥馑的狗年月
经过数不清的倒春寒和酷暑煎熬
我更喜爱这秋日的澄净

（原载《读诗》2016 年第 3 期）

墨西哥人庆贺死亡节

扶 桑

我从不如此庆贺死亡。
这些人，在南美洲的阳光下
这些深棕色皮肤的人
有足够的活力、强健的体魄和心灵
把死亡作为一个节日来狂欢
他们的脸戴着骷髅的面具，手持

雪白的头骨。那些微笑的头骨披金戴银
被装饰——

我不能如此庆贺死亡。
我，另一体质的人
死亡，在我心里——
它是我的秘密，我暗恋的情侣
每个傍晚使我萎谢、使我窒息
我就靠它
把灯芯般缩短的耐心一寸寸延长

（原载《读诗》2016年第3期）

写给头镇的诗

严　彬

我想写一写头镇，事实上
我更想写写头镇的一些小事物
或许，就从两条狗开始
一条白狗，一条灰狗
出现在我的整个童年，将我驱逐
很难想象是吗——我在镇上没有朋友
我的朋友也是

“这里没有大人物。”我爷爷曾说
这里的医院只能缓解咳嗽，没有癌症

所有人死在自己床上
长平街上盛产小痞子，以至于陈小花
将孩子生到乡下。现在年轻人都在街上消夜
他们维持晚上的秩序，路灯
是为他们盛开的

我的母亲习惯每月三次上街赶集
严小桃也是。我的爷爷曾因为我偷看严小桃
用杉木棍打我的后膝
如今我们生活在头镇，这里没有一个大人物
几条狗在傍晚叫着，几只鸡在早上打鸣
我在这里育有一子一女，在门前挖了一口新池塘

（原载《人民文学》2016年第4期）

淤 青

巫 昂

将去年干枯的枝叶
收集到一起
用打火机点燃
轰的一声，它们尽数燃烧
地上残留了一块烧过的痕迹
不是任何大陆
也不像有个人躺过
作为这种灰烬的制造者和见证人

我应该对此保有余地
黄色的花最早开
落魄的人最后一个来

（原载《读诗》2016 年第 1 期）

山里的桃花开了

芦苇泉

这些大地上被点燃的煤，一点，一点
组成火把，染红了山坡
这些美少女的羞晕，盖住了飘扬的黑发
被山峰围绕，保护
那些松树是美少年，独来独往的鹞鹰是爱的信使
这时候，还没有风景，一些神躲藏在更远的山里
云彩是多变的眼神
在三月，山泉还没想起歌唱
那些乐器，草丛里的虫子没有醒来
我来到山里，依然是孤单
这些桃花开了，谢了
干枯的花瓣被风吹来吹去，碎了，褪了红颜
一生不过几天
那只鹞鹰，扶摇而上，在山峰的顶端，随意地翻转身子
眨眼消失在山后
我算了算，如果从这棵桃树开始攀登
到达山顶，需要半天时间

那只鸟也许正发出嘲笑，天上的东西从不把俗世当回事
但它只是到外边转转，它还会一千次、一万次地回来
山坡上的桃花开了
这些灯盏一齐亮了
到了夜晚，这里亮如白昼
可那时我已回到城里
时光还长，可缘分总是这样如此短暂

（原载《山东文学》2016 年第 1 期）

白露之白

苏　浅

八月无英雄草莽只生蚱蜢，朝生暮死。
九月，我与秋风为友，
白露在床头。

在我的白日梦里，
秋天的藤蔓缠着月亮
我收藏好的一夜，
它没有。

蒹葭苍苍。
在白露里醒来为什么比在大雪里更悲伤，
为什么
只是这样想一想
悲伤就来

（原载《诗选刊》2016 年 3 月号）

冬日雪源

苏　黎

一声马嘶
扯断了长路上的叮嘱
一声鸟鸣
顿觉天空的邈远

我在雪源，我在一处高地瞭望
冬阳编织着的光圈——
在雪源上幻化出斑斓的色彩

西山顶上
两座陈旧的烽燧，就像两个老人
隔世地相望

我在低头沉思
是一次情感与情感的触碰
是一次心与心的砥砺

我的双眼，两盏盛满清澈的酒盅
对饮着——
觥筹交错

是寂静和旷野在干杯
是时光扑闪了一下，是一束泪花
灼疼了的伤痕

（原载《诗歌月刊》2016年5月号）

惠福早茶

苏历铭

琥珀色的茶水映入吊灯的铜坠
我怀疑瓷碗里的茶叶
是飘落下来的铜锈
每次置身广州，我的脑海里
总是浮现出女学生梳着干净的短发
身着白衣和蓝粗布裙，手举彩色纸旗
在大街上高呼革命的口号
她们来自于清末，消失于民国
眉宇间除去爱情的初醒
更有拯救民众的道义
她们受孕于理想，分娩着现实
信仰的床单上滴满生命的血迹
期待后代不再流血
有人却变成母亲的敌人
我喜欢肠粉的香滑
其上的青菜碎末
弥漫着乡野的清香，用舌尖轻轻细品
稻谷竟沙沙作响

（原载《读诗》2016 年第 3 期）

净月栈道

苏历铭

沿着木板栈道漫步的时候
脑海里一直浮现大学时代的秋游
在湖的另一岸，我们在杂草丛中劈开一片空地
围拢一起畅谈远大理想
每个人的裤脚粘满草芥
双手抱膝，坐成一只只小麻雀
天空是用来憧憬的
都想飞得高，飞得远
而现在栈道是多么的平缓
无须气喘吁吁地跋涉
轻松尽收沿途的美景
看小松鼠从一根树枝跳到另一个树枝
把阳光弄碎一地
当年我们是从净月潭跑回校园的
从黄昏到深夜，骄傲始终
映照着青春的脸

（原载《读诗》2016 年第 3 期）

时间注入的日子

苏笑嫣

原谅我生得太晚　我的世界面目全非
那些花花草草真是机灵　活泼地嚷着俏皮话
也有低头忧郁的　但我一个也叫不出名字
（更别提诗经和本草纲目里的小家伙们
——好像登录在册的远古化石在字典里）
好在它们也不认识我　让我不至于太过羞愧

我当然还年轻　生活还很漫长
你当然很古老　但生活比我更漫长　更更漫长
随便一颗石头都几万岁　树木因而显得很嫩
我和一朵花又有什么区别
风云变化之间　朝生暮死
真蠢　竟然每一天都把生存活成一个难题

我为我的困窘伤害了这慷慨而感到抱歉
杜鹃尝到甘露就摇曳不已
鸟群把脆弱的啼鸣交付给水草
熟透的风一吹　花丛就抖出几只蜜蜂来
而村庄　在情歌停歇的地方生长
土豆、白蘑、马匹　是人们花费一生侍弄的事儿

在时间注入日子以前　这山林河湖
闪烁和透明的明亮世界　是的，无限
我们熟悉的都迅疾死去　我们不熟悉的都牢牢生根

这一秒我长势真好　双手交缠玫瑰
有人沿着你生命的光线行走
时光之马停下脚步　痛饮泉水

（原载《诗潮》2016年第5期）

羞　愧

李　南

我羞愧是因为分辨不出
二月和三月，泪水掉进酒杯的味道

是因为我每天吃神赐的米和蔬菜
却不如一棵香蜂草更有用

苍鹭斜斜地插进水面
天空长满银刺，幻觉将我和生活分开

羞愧啊！面对古老黑暗的国土
我本该像杜鹃一样啼血……

再有一年，我就活过了曼德尔施塔姆
却没有获得那蓬勃的力量！

（原载《作品》2016年第7期）

在凤城听古琴

李　皓

琴声响起的时候
凤凰飞了起来
琴声未落
而我已经离开

凤凰落在高高的凤凰山上
我落在低于一滴细雨的
流水里，流啊流啊
我就流成了弦外之音

凤凰飞起飞落
凤凰山就响了起来
不管是《忘机曲》还是《广陵散》
在凤城，我都有数不清的知音

至于从《忘机曲》里飞出的鸥鹭
我必须把它带回大海
这是我此行的唯一目的
它的心，被一支古曲淋湿过

听着听着，我就老了
像一个手指纤细的古人，比一滴雨
还要单薄，比飞翔的凤凰轻盈
没有人，能够说出我的秘密

（原载《人民文学》2016 年第 12 期）

飞过天山

李 琦

没有翅膀，不具备飞翔的能力
此刻，我居然在天山之上
在飞机上俯瞰，在高处看高
除了震撼，还有一种慌张
会当凌绝顶。我凭什么
从这万山之巅上飞过
这算不算是，一种冒犯

雪峰，日光，大地的神迹
一万只法号庄严地吹响
那难以企及的浩瀚、苍茫
像巨大而凝固的孤独与悲伤
地球必须结实而厚重
它需要把这一切，沉稳地托起

这高于人间的圣洁与寂静
这收藏光阴与魂魄的地方

想起我在浑浊尘世的经历
所见所闻，何等的卑微
飞越天山，像是一种投奔
从低处而来，在高处羞愧

无法解释，为什么这么难过

尽管强作镇静，还礼貌地
回答了邻座的某个问题
泪水还是倏然无声，流出我的双眼

（原载《读诗》2016年第2期）

旁观的人

李小洛

蓝色雨衣在树上挂了一夜
镜子中再无其他人
过往的神，也不知晓
昨夜的交谈中
似乎所有的问题都消失了
答案就在那里摆放着
大雨落下来之后
我们还说了一些从未说过的话
但我还是觉得
不开口就好了
也许，真正的魔法和预言
都只能有一次

如果对我敬献给你的
还心存疑虑
可以来找我
但请不要和别人谈论我

你给我的
我都会好好收着
没有什么比现在
更值得珍藏
一切都在安静中
我们在静静等那
洪水退去

（原载《读诗》2016年第2期）

还　山

李元胜

年轻时，遇到喜欢的山
我会带着它到处行走，带一座山
去拜访另一座山，像带着长江去拜访黄河

黄河有时云游未归，唯有河床
山有时也不在，留下我们在山门探头探脑
我们无所谓的，游兴不减

如今，当年的路只好重走一遍
一一把它们送回原处
中年辛苦，是有很多奇怪的债要还

（原载《诗刊》2016年11月号上半月刊）

终生误

李元胜

从纸上拉起一片湖水
或者，在一首诗里放下你的倒影
一部剧，一张虚空中的网
拽着不同时代的失意人
让我们跃出苦涩的湖水吧
经历又一次重逢、相爱和失之交臂
我在这厢徘徊，心头强按下水中月
你在那厢惊醒，镜中开满繁花
生活，折叠我们只有一次
而它的错过反复消磨着我们

一个人是另一个人的仙境
也可能是另一个人的寒庙
而一部剧是一个时代的后院
这无限折叠的人生，无数朝代里的活着
我多么恐惧，身边突然的加速度——
一曲唱罢满头新雪，而你，仍旧宠着我的喋喋不休
“再讲一次吧，从满头新雪开始往回讲
我迷上这倒叙的爱，爱着你倒叙的一生”

（原载《人民文学》2016 年第 9 期）

晚　归

李王强

炊烟几缕，淡淡的、袅袅的
是轻风写给天空的情书，在适宜的高度
飘散。鸟影数点，像宣纸上溅出的
墨迹，还要飞在这青山秀水间

流水幽雅的琴声不断，万物有着
最缓慢的衰老。我扛在肩上的锄头沾着
暮晚的露珠，和花香

扶着简约的篱笆，你用丝绸般的声音
唤我，我的故意不应。我想让这缠绵的青藤
把你娇嗔的声音，再轻轻抚摸几遍
再轻轻抚摸几遍

（原载《星星》诗刊 2016 年第 7 期上旬刊）

那些山

李林芳

庞然，隆起，一道孤峰挡住我
迫我交出内心的孤绝

转过身，放低了身段，它又柔如流水
绵绵不绝，向虚渺处倾泻

一座山横亘而来，逶迤而去时，拖泥带水
像走在尘世边缘的母亲，犹豫着回过头
再看我最后一眼……

那些山，远远地跟着我
浅浅的，停驻在城市的栏杆之外
一群缩手缩脚的乡亲
夜晚有雨，随风潜入梦里来
刺耳的警笛突兀响起，那些山受了惊吓
一下荡开，无影无踪，只留下我一个人
在城市空空荡荡的格子间里
把对面的楼房
看成沉稳的山峦的巨浪
台风如期而至，一城灯火摇摇晃晃

（原载《诗刊》2016年6月号下半月刊）

苹果园

杨　方

那一年，钻过土围墙的缺口
意外撞见繁花盛开的苹果园
我曾诧异世界有这么多美丽花朵，蓬勃，拥挤

仿佛按前世约定集中在一起
规模宏大地开放和凋零
就像有些人，终日愁苦，劳碌
这时候也要停下来，聚集在苹果树下
喝伊力特，唱快拍热烈的木卡姆
用一双四处奔波赶路的脚
有力地跺着大地上的尘土和落花

我曾经想过这些人，这些花
为着什么集中在一起
又羊群一样四处分散，飘零
秋天，摘光了苹果的树木
会显出无限衰败和老朽
百木萧萧，人世像一处破败的花园
土围墙的缺口，像童年的缺牙，总在漏风
这些年，苹果园里，花朵依旧盛开，凋零
有的结成正果，有的无疾而终
唱木卡姆的人，有的已经死去
墓地上覆盖苹果花宁静的气息
仿佛这就是命运，无论我怎样辗转
都无法再次穿过缺口，回到落花汹涌和歌声起伏

（原载《绿风》2016年第1期）

虚　构

杨　渡

装上子弹！
瞄准！
发射！

虚构的“砰”一声响彻虚构的天空
一颗虚构的子弹
从那虚构的枪膛中射出
以虚构的速度
在虚构的空气中划出一条
虚构的直线
打中那只虚构的鸟儿

虚构的鸟儿发出一声虚构的叫声
扑扇着那双虚构的翅膀
使得几片虚构的羽毛落了下来

紧接着
虚构的鸟儿随着虚构的羽毛
重重地落在
虚构的大地上……

（原载《人民日报》“大地”副刊 2016 年 6 月 1 日）

胡老师的后悔比苍茫的夜色还要苍茫

杨景荣

楼道口已经封了
地面冲洗得异常干净
几只麻雀叽叽喳喳还在议论
那棵枸骨则站在原地守口如瓶
一束鲜活的白菊花代替钱菲菲
躺在冰凉的水泥地上

胡老师双眼紧闭
双手拎着自己的头发
心提到嗓子眼上
脸憋得发紫
似乎这样，那个在晨曦中从六楼跳下去的钱菲菲
就能站起来，就能走回教室
坐在第三排最中间的那个空位上
继续听他的语文课

胡老师想
如果时光可以倒流，一切可以重来
打死他也不会给家长打那个电话
不打那个电话，家长就不会知道考试作弊的事
就不会把作弊的手机砸掉，就不会骂孩子猪
就不会赶孩子滚，就不会发生这样的悲剧

胡老师用手死劲打自己的头

罚自己站在办公室外，一直站到天黑
一群星星出来了，胡老师说
自己见到的分明是一群鬼
胡老师内心的后悔呀，比苍茫的夜色
还要苍茫

我要说的是
现在是事发后第四天
钱菲菲还在殡仪馆的停尸房里
家长就把心思从悲痛上转移到了闹钱上
我还要说的是
胡老师意料之中地被停课了
理由是他自始至终都无过错

（原载《诗探索》2016 年第 4 辑）

不是每一天，我都真实存在

肖　寒

不是你想的那样
不是每一个清晨
我都要顶着人海去上班
不是每一天我都能看到自己
我变得越来越
伤感、自闭并且执拗。我的执拗
加重了我的悲伤。我闭着嘴

吃越来越多的药
我不说话。但有时某个部位的松弛
会自动地暴露出一切
我的那些朋友没有快乐
也没有悲伤。他们不懂
我曾在爱里死过
至今仍在伤心里活着

（原载《诗探索》2016年第1辑）

一朵花的战栗

吴乙一

或许，她刚刚提来一壶清泉
洗净月白色心事。或是跨上马匹
准备追逐天空中金黄的太阳
失散的鸟鸣再一次响起
或许，她已经有了心上人
从闪电的喊叫中苏醒过来
膨胀的身体藏着一枚小小的核弹
却在飞翔途中
遭遇了我的拦截
我谨记父亲教导：花太盛，则果小
蔬花、蔬果得尽早，免得消耗养分
但我的“尽早”并不是老果农的忠告
我只是不希望

在最灿烂的一瞬，将一个梦想折断
春风浩荡啊，人间草木
此刻，一朵花的战栗，是整个春天的哀恸

（原载《诗探索》2016 年第 4 辑）

接 站

吴开展

远远地，我就认出父亲
他的苍老不出所料
他的单薄不出所料
他的沉默不出所料
他的瘦削不出所料
曾经刀片一样的目光，此刻藏满怯怯的温柔

父亲佝偻着背
扶着自行车站在马路对面
十年前给他买的那顶旧棉帽，仿佛没有更旧
帽带子在寒风里摇摆
右耳朵半耷拉下来
车水马龙，也没有淹没它啪啪的声响
仿佛被谁揪着、拎着、抽打着

隔着一条马路，隔着川流不息的寒风
我的心，早已跪下……

（原载《岁月》2016 年第 10 期）

涂 改

吴玉垒

春天改成了夏天
夏天改成了秋天
秋天改成了冬天
冬天又改成了春天

他们总是涂来改去

把孩子改成了大人
把青丝改成了白发
把家园改成了废墟
把一瞬改成了永远

好像没有什么不能改变

酒被改成醉了
笑被改成哭了
恨被改成爱了
生被改成死了

死何时改成生呢？那样
我就又回到亲人们中间了

（原载《诗探索》2016年第3辑）

立秋过后

吴玉垒

立秋过后，雨水变得又细又长
像被十三亿人亲手捋了一遍，像早年间
母亲的心事，恋爱时情人的发丝
一生操劳的母亲过早地去了天堂
南飞的大雁或许能捎去我的思念。才几天啊
爱人那一头柔顺的青丝，居然
就飘起了一层清霜，不过是想一想
日子就又绷紧了一截

田野突然拥挤起来，麻雀和田鼠
突然忙碌起来，通向远方的小径被谁
藏了起来？树上的知了叫着叫着
就掉到了地上。落叶、车辆和人群
哄抢着道路，大地好像又瘦了一圈

天擦黑的时候，老家的弟兄们
打来电话，该收的差不多收完了
该种的还在种着。天气越来越凉
别忘了早晚添加衣裳，中秋不回就不回了
过年可要一定回来啊……

（原载《诗探索》2016年第3辑）

又下雨了

何小竹

从 9 月 3 号到现在
成都雨水不断
感觉整个 2015 年的雨水
都集中在了 9 月这个月份
这很罕见（至少去年不是这样）
我是个很少出门的人
下雨不会给我带来太多不便
我其实还很喜欢听雨声
尤其在晚上的时候
但如果我说我喜欢下雨
恐怕会得罪很多人
他们一早要出门上班
雨水会打湿他们的裤脚和鞋
即便是那些开车的人
雨水也会影响他们的视线
甚至带来一些危险
所以，当雨又下起来的时候
我不会说我喜欢下雨
我只说，啊，又下雨了
在雨和这个世界之间
恰当地保持中立

（原载《读诗》2016 年第 4 期）

我遇见她们，遇见星辰以及河水……

何山川

我在安静地听，
在树的阴影中。在长满青苔的岸滩上，
雨，偶尔也会像爱情一样到来
在吹拂不定的风中，
她们再次——
华丽地绽放，热烈地颤抖
我伸出手，
不是去采摘，只是去抚摸
我想，我会有许多时间
流连于一所朴素的房子，一片翠绿的田野，
一条通向山间的小路
当我从田野回来
我们平静地看着
孩子们奔跑在院子里。
而远处，薄雾之下，山峰矗立着，
万物都在那里了

（原载《诗建设》2016春季号）

松江的雪

何居华

松江无雪　松江的雪
下在六月　下在 303 年的西晋时代
三湘财富广场堆积了近 2000 年的雪
小昆山的雪也赶来凑热闹
纷纷扬扬　平地三尺
陆机　陆云兄弟好雅兴　迎风踏雪
衣袂飘飘　把盏无酒　只有两支羊毫
奋力章草《平复帖》《春节帖》 天下第一帖
出自陆机之手　为后世留下文人墨宝和骨气
一部《文赋》高耸为山　山下有狗吠鹤鸣
二陆为狗的谗言咬得遍体鳞伤　深知
错爱了狗　高呼“华亭鹤唳，岂可复闻乎？”
洛阳太守马颖的鬼头刀比鹤早了一步
松江的雪被染得通红　血的文字
仿佛在说文章能抒情　但不能治世

（原载《诗探索》2016 年第 4 辑）

想和你去喝杯咖啡

余秀华

想和你，一起走过几棵大樟树
走过树下斑驳的阳光，走过想把自己的病情捂住
却总是捂不住的人群
想和你一起走出医院，丢下人间疾病
丢下我做不了替罪羊的焦虑
想和你，再往前走走
街道的拐角，我想和你喝一杯咖啡
想看你抽烟
只有你烟圈消失的样子才是消失
只有看着你而不敢说爱的悲伤
才是悲伤
但是这就是我的好时光
为这一杯苦味终会转化为甜蜜
为赴死无憾的静谧
这些，都是无关紧要的
重要的是，你离开我回头
这所医院依旧收留我

（原载《读诗》2016 年第 1 期）

回乡偶书

余仁辉

过大江时春风正浩荡
想起小小的石拱
斜搭在溪流两岸
一边是野火　一边是炊烟
一边是稚子　一边是少年

静夜听着蛙鸣　想起荷花
她在邻家的池塘
矮身是藕　探头是莲
我曾是一片荷叶想为她打伞

再回来所有关闭的门打开
想起舞台的霓虹
旋转　谁歌罢已忘言
谁最终搀扶谁走向故乡

我的江湖已载不动酒
在某一个清晨的鸟语里
想起低吟的岁月
我只要两岸青山
一苇孤舟

（原载《诗探索》2016年第4辑）

大雨如注时在空山

余仁辉

这一场雨必然是为我而下的
赶了几十年的路到达蜿蜒的夜晚
无非是想在无酒的古寺醉上一宿
看檐前瓦当乱晃梧桐狂舞
无非是想让雨遮掩寂寞超度梦境
置身他乡的暗处来一次绝望的抒情

于是打马上山披着翻滚的乌云上山
踌躇的马蹄踩破心思
还有什么跟着我不忍离去
影子已披上蓑衣翅膀躲进草丛
沅江的芷、澧水的兰，一丛丛上阶绿

而这时一记钟声穿透雨幕
所有的幻象落叶般枯萎
我站立的地方，离你仍有数十年之遥

（原载《诗探索》2016年第4辑）

踢着落叶

谷　禾

夜色里，长堤上
天空隐现几颗星子
相隔多日之后，我又走来
看高壮的杨树，脱尽了密实的叶子
枝杈上的鸦巢裸露出来
像一颗颗黑的果实
我走在树下，从一棵到另一棵
听干枯的落叶
发出沙沙的喧响
陪伴我的女儿，有更快的速度
更愉悦的心情
在我的前边，折返来回
激起落叶更大的喧响
她身体溢出的光，恍惚照亮了
这幽暗而逼仄的路
有一瞬间，我甚至想喊住她——
在时间的某处定格下来
脚下这些落叶，夏天时
也曾遮没了头顶的星空
但现在——我反复踢起它
没有悲欣，也不落寞
和女儿一起，走在漫漫长堤上

（原载《山花》2016年第8期）

鲸

汪 抒

一头鲸在大海里，但我并没有
看到大海

我看到阳光在我对面的卧室墙上
画下一个倾斜的窗户

另一头鲸也在大海里，但我也同样
并没有看到它
看到那片大海

但它们确实就在蓝色的波涛下面
风平浪静
仿佛巨大的语言的力量
并不在暗中存在

——但更可能只有一头鲸
这就像世界上其实只有一首诗
不可能有第二首
任何诗作都只是对第一首诗的模仿
或响应

因而大海里面只可能有一头鲸
其他都是它灰色的影子

（原载《江南诗》2016 年第 1 期）

寒冷有时融化内心的冰雪

沈 苇

黄昏的二道桥格外阴郁
从车站到大巴扎的路格外漫长
穿过异族人群，我赶赴
一位异族朋友的晚宴
“异族”这个词是谁发明的？
至少不是边城的新辞藻、新花样
似乎也不是格鲁吉亚屠夫的专利
但当他说到“民族团结”时
牙缝里同时蹦出“互为异族”
想到今晚异族朋友也会喝醉
一边落泪一边弹琴、唱歌
想到世上异族像我同族
一样的奔忙生计
一样的牢骚满腹
一样的孤单寂寞
一样的生老病死
我在内心捂热“异族”一词
并把它轻轻挪开、放下
希望它滚得越远越好
是的，只要绝望还没把我击垮
寒冷，有时也能融化
内心的冰雪

（原载《读诗》2016年第2期）

赠高兴

沈 苇

我和你，在大摞《世界文学》
和几架子外文书籍中重逢
如当初在黑海边的康斯坦萨相遇
在帕米尔的乱石堆中穿行
外面是海关大楼和长安大戏院
青春派京剧演唱会就要开始了
空气和交谈却弥漫吴侬软语

相逢一笑，原来是江南兄弟
但你我之间还是有一点区别：
你是汉语的，又是罗马尼亚语的
我是吴国的，又是西域的

（原载《读诗》2016年第2期）

谢谢她为我们歌唱

沈浩波

那个唱歌的女孩去世了，喜欢她的人
叹息她红颜薄命的人，都在悼念她
吃饭的时候，妻子问我，她唱得好听吗？

我和妻子，都不是很爱听流行音乐的人
但我知道很多人喜欢她的歌
妻子噔噔噔跑上二楼，打开电脑和音响
那女孩的声音在我家响起，清亮的嗓音
像喷泉绽放。妻子在楼上喊：听得清楚吗？
我忍不住笑了，当然听得清楚，声音这么大
确实唱得好听，而且很动感情
是那种想把每一首歌都唱进人心里去的歌手
不是我特别喜欢的，也算不上唱歌的天才
但有一副好嗓子，唱得用心，卖力，像我认识的那些
在生活中努力着，想让自己变得更好的女孩
妻子站在楼梯上，扶着栏杆，探出头对我喊
“我觉得她唱得特别好，你觉得呢？”
我知道妻子会喜欢这女孩的歌声，大声回答
“我也觉得唱得好，声音真好听。”
妻子微笑着，从楼梯上歪着脖子看向我
我突然想感谢她，此刻仍在为我们歌唱

（原载《十月》2016年第2期）

对牛弹琴

沈浩波

一个人，在林中，对一头牛弹琴
思想这个画面，是不是有点儿
孤独而美好呢？是不是还有点儿

隐逸的禅意呢？如果再有点阳光呢？
一头牛，在阳光下吃草
有些事情，不能说与同类听
有些事情，不需要知音，但需要
一头牛。有人对牛弹琴，有人
对老虎讲经。我喜欢对牛弹琴的人
我喜欢琴声，胜过佛经
我喜欢牛，因为它听不懂琴声

（原载《诗刊》2016年4月号上半月刊）

阿勒泰的落日

宋　雨

阿赛尔用切好的葱花
一点花椒一点咸盐和姜皮子
炝好锅
又倒了两瓢清水
盖上锅盖
用木棍捅了捅火心
转身在案板上擀面
来了一阵吹落海娜花的风
她用染了指甲的手指
撩了一下头发
她看到太阳正在落下去
从阿尔泰山上

镀了金的圆盘子
盛不了我家的馕饼子
它太亮了
怎么都看不清
它太高了
比最高的山顶还要高
我的男人
我的羊群
就要从东山沟里回来了

（原载《诗刊》2016年5月号下半月刊）

为什么一次次写到火车

宋晓杰

我喜欢怀旧版的绿皮火车
动车、高铁也行
但我只取它的速度，飞快的刀
带出的风

我喜欢坐上慢的、快的火车
并成为它的一个螺丝
锈死，但擦得锃亮
喜欢车窗外北方的大地
睡狮的大河，薄雪，三五簇芦苇
轻轻摇着。喜欢水墨的层林和村舍

偎在天边儿，沉默

喜欢去看一个人，刚好日落
像被高高托举的鸟巢，荒凉的心
浸着夕晖，却又空空落落

（原载《诗刊》2016年10月号上半月刊）

向日葵

苇青青

我与凡·高生活在同源异质的星球
他体内的大河，流经下游的我
隔岸的狂热，爆裂似的尖叫
我在安静里兴奋，跳跃
阳光的弯曲
把我带进了激动人心的时刻
——头颅饱满，眼睫蜷缩
屈从于天赐之力的冷
金黄的光线里，疼痛撕裂
向日葵的吼声
漫出一片冷岩般犹豫的血黄

（原载《诗选刊》2016年3月号）

秋 天

张 后

乡间的小道充满了金色的忧郁
少女一个人满腹心思系着方格围巾悄悄走过

一群猛虫低矮地寻找着食物
燕雀在练习飞行
地上到处是亮亮的水银，青蛙用一只耳朵窃听

我不知道怎样安慰少女的心灵
把来年的种子种植在她的体内

（原载《延河》2016 年第 2 期）

清晨，在园林

张 琦

清晨的目光和草色一样鲜美
我慢慢地踱步，寻找簇动和生长

结伴的游人在花圃前凝视
远处的群山，仿佛百花之中的一朵

我看到阳光慢慢地徘徊在空气里
露水在我的肩头呢喃，不愿意跟阳光离去

杨柳拂风，绿水荡漾
默默伸展的藤蔓诉说着寂静

扫去冬日的荒凉，拂去心中的惆怅
在清晨，一根枯枝的灵魂里长满了葱茏的春光

（原载《山东文学》2016 年 10 月下半月刊）

静夜思

张二棍

等着炊烟，慢慢托起
缄默的星群
有的星星，站得很高
仿佛祖宗的牌位
有一颗，很多年了
守在老地方，像娘
有那么几颗，还没等我看清
就掉在不知名的地方
像乡下那些穷亲戚
没听说怎么病
就不在了。如果你问我
哪一颗像我，我真的

不敢随手指点。小时候
我太过顽劣，伤害了很多
萤火虫。以至于现在
我愧疚于，一切
微细的光

（原载《诗探索》2016年第4辑）

黄昏近

张二棍

一下午坐在山顶
潜入几页史书，做了乱世的
糊涂宰相。掩卷后
黄昏已欺身。史书中
也曾无数次提到，这样的黄昏

有人饮酒杀人
有人喊，刀下留人
有人班师回朝
有人马革裹尸
有人孤独地吟哦，拍遍了栏杆
却无人酬唱。一个人清晨种下的
柏树，在黄昏，就有人借一枝自缢
白绫飘飘啊，乌鸦翻飞

我从史书撕下，荒唐的一页
扔给风。就有千万个黄昏
呼啸着坠崖。我把史书
压在一块山石之下，独自离开
就有无数帝王，目送一个草民
趁黄昏近，揭竿，夺江山

（原载《中国诗歌》2016年6月号）

救　赎

张巧慧

放生池中的鱼儿追逐着落花
大殿里的各种法器都归于沉寂

六角密檐式的瑞峰塔，我把自己刻在腰檐
是桃花，是无字的经幢，年复一年说着色即是空

“为什么活着每天都想痛哭一场？”
前不久我们还在讨论失去痛感的麻风病人

我永远不会这样：左手折花，右手杀生
然后讨论哪只手更慈悲一点

即便此心凉透万念成灰
目睹美的诞生，我还是会突然哽咽

（原载《青年作家》2016年第3期）

冬日速写

张执浩

麦地尽头是一块菜地
菜地过去是一座池塘
池塘上方又是一块麦地
麦地尽头是一片橘园
橘子树上有几颗橘子
橘园下面有一片竹林
竹林深处是一户人家
家里的人都出门去了
门前的柳树和槐树在落叶
树杈高高举着鸟巢

（原载《读诗》2016 年第 4 期）

雪后三天

张执浩

雪后三天，还没有化完
太阳涨红着脸出现
在乱蓬蓬的地平线
公路两端，水牛和卡车相向
而行，它们将在桥头碰面

结过冰的河早晚都很平静
小儿摸着桥墩上的狮子头
老汉弯腰拔扯亡妻的坟上草
残雪不多不少
正好映亮了屋顶
东边的炊烟升起来了
西边的炊烟在竹林里袅绕着
一条狗站在路中间
侧耳听辨碗筷的声音

（原载《读诗》2016 年第 4 期）

心　结

张佑峰

我赞美过的山坡已经生满荆棘
我赞美过的少年已经远走他乡
在寇庄，我看到的房屋日益破败而得不到修缮
我看到的受苦之人，很多都是我的至亲

我儿时植下的桑树，树旁的人家已不知去向
我儿时饮过的井水，已经完全干枯

只有到夜晚，儿时的月亮会出来
它照到村东时，会照亮一溪清亮的河水，银子一样
它照到街心时，会点燃一根驱蚊的草绳，带着清香

但它从来不向村子的西边照：
好像那么些年了，那个命苦的人，还吊在村子西边矮矮的树上

（原载《人民文学》2016年第9期）

日 课

张佑峰

每隔两个小时一次翻身，拍背
早晚量血压，测血糖
喂药，打胰岛素
冲洗膀胱
从父亲病倒后，这些就成了日课

有时睁着，多数闭着
他活在自己的世界里，已经不认识我有半年了
我给他喂水时他不认识
测体温时不认识
喊他爸时也不认识
这个叫老年痴呆的病症
已把我们父子，分在了两个世界

半夜醒来，我轻手轻脚地给他掖被角
看到他在凝视着我、轻声喊我乳名
多次的应答使我知道他并没有认出我来：
他活在我忙乱不堪的现实世界里
我活在他已经没有痛苦的睡梦中

（原载《山东文学》2016年9月上半月刊）

扬州十年

张作梗

我体内还有未用完的河山，
在荒草萋萋的雾霾中，还有垦殖和
播种的欲望。独自一人，我还在山坳搭云梯，
想攀上我那积雪的头顶。

唉扬州十年，
我浪费了多少奢靡和美景啊，
徒留下身体这条日暮途穷的歧路。
——这卑贱而无名的一生，还有谁可依恋，除了无常和
流徙；还有哪一座城市，可以痛快地花掉我的
余生以及依稀残存的
对这世界的爱？

不，我体内还有尚未用完的河山，
还有举目无亲的忧伤供我消夏、避寒，这就是
对抗凋零和枯萎的资本。
我依然在桨声灯影里"骑鹤下扬州"，
依然用老迈的诗句遍植杨柳——在我那
落寞而冷僻的关山一角。

我依然来而无往，切除掉盲肠一样的
归乡路，在这儿挣扎、困惑、抗争，死有余辜。
——我依然崇奉着美，
将内心残剩的一小爿山河，
打理得花团锦簇。

（原载《天津诗人》2016 年第 3 期）

一个人的山顶

张怀帆

飞机在高高的蓝天上
慢悠悠地，缀上一道长长的拉链
这缓缓移动的银色小器物，现在看上去那么小巧
偶尔，闪着一个小小十字架的光芒
我头枕一座大山，把身体摆放在秋天
我的前世，也许是个牧马人
但今生却只愿马放南山
不远的身边，有一头毛驴在吃草
它偶尔抬头，用它的大眼看我
面含深情，似曾相识
也许它的前生是一匹良马
关关，关关，远处的草丛里有野雉在叫
那声音仿佛《诗经》里的雎鸠
或许，它的先辈在河之洲
山里，多么幽静
幽静到半坡野菊花就要开口说话
这些淡蓝的，亮黄的小花朵
有天使一样的笑脸
蝴蝶，还在翩翩追逐着梁祝的故事
好像要把爱情一直带进冬天，纷纷化蝶
一只小飞虫，有如此的绝技
飞翔时，会戛然停在半空
悬浮半晌，又倏忽飞走，像外星飞虫
只有蛐蛐是秋天的知音

拨动着阿炳的琴弦
我是在一个假日独自进山
下山途中，听见那头毛驴
引颈长鸣，回首
只见一山红叶

（原载《绿风》2016年第6期）

路遇老妇人

张灿枫

雨很小，淋在脸上
凉丝丝的
一路上
像我一样
把伞收了的
有好几个人
特别值得
一提的是
走在我前面的
一个老妇人
把伞收起来后
还把脸
仰了起来
那一头白发
披散着，就像瀑布

（原载《山东文学》2016年5月上半月刊）

海金的塔拉

张洪波

就是草原。塔拉
我请教年轻人海金
海金用蒙古语说。塔拉
真是好听

我学着说。塔拉
怎么也说不出
海金那种味道
有马蹄声有野草味儿
有奶茶香有牛羊跑
塔拉。就是那个真实草原
不是传说

我一遍又一遍学着说
塔拉。塔拉。塔拉
心越来越舒展
眼前越来越宽阔
塔拉。天地辽远
我用蒙古语念叨着你
从霍林河畔一路下来
逐水草。进入你的深度

（原载《星星》诗刊2016年第2期上旬刊）

归隐之地

张敏华

春寒料峭的三月，乍暖还寒的十二日，
我和寒山湖前世有约——

没有谁能够打碎寒山湖这面镜子，
落日让四周的青山俯下身。

不惑之年的我，仍然不明白
为何寒山湖能孕育这么多的星辰？

仿佛早就来过，抑或不曾离开，
寒山湖，我的归隐之地。

（原载《文学港》2016年第9期）

伴我行路的音乐击点器

张蕴昭

疏于防范　跌伤了骨头
只能静心卧养
时间的牛筋拉长了漫长的一百天

当手握拐杖恢复行走
这圆形的木质点击器
成了我行路少不了的安全棒
虽然有些累赘　但我必须爱她
还要艺术地使用她

梦里梦外都在思考
如何唯美地表现出行路的姿态
左腿、右腿起步下落　拐杖的提起和点击
都要错落有致
双脚踩出的是单一的跫音
拐杖击点地面可不同了
有了轻重　滑音　顿号　还有延长符
这种音乐感　醉了我心
助我怡然　潇洒　走这最后的行程

别人说过用拐杖走路笨拙难看
而我尽量适应着多向度的生存
用它在红尘中陶冶性情
握着它　心灵开满虚幻的花朵
簇拥我委婉地步入晚年的诗的意境

（原载《诗探索》2016 年第 3 辑）

去世记

阿　门

从占据了一面墙的书中，抽出一本
《邵一涛遗墨》。砰一声，掉落地板
响声很大，像瞬间的车祸——2011 年
他车祸遇难。享年 47 岁。一个热爱
书法与佛法的男人。妻告知噩耗时
我刚写完《祭母帖》。我捂住脸
捂不住眼眶里的泪水。泪水两行似挽联
左为好友，右为无常

从占据了一面墙的书中，又抽出一本
《乡村抒情诗》。翻阅，诗如其人
朴实，敦厚。作者徐群飞，我同事，和邻居
亦师亦友。2011 年 6 月 1 日晚他病逝
我短信速告文友们后，三夜无眠——
难道我又一次目睹了生死变幻？我不信！
我怀疑他写累了，去了另外一个房间休息
因此，至今保留他的手机与 QQ 号码……

老的去世，新的去世。已届知天命
却一次次，被迫领教生命的脆弱
从马航失联到韩轮沉没，那么多的人
一下子被海洋，这巨大的坟墓覆盖
仿佛水滴消失在水中，尸骨无存
这让我悲伤，恍惚，麻木……

死亡，是一张不漏的网。时间之灰啊
早晚，埋我于故土

（原载《诗探索》2016年第4辑）

前头湾的二楞

阿　民

前头湾是白洋淀发髻上的翡翠
二楞就是出没在碧波里的小水鸡
天刚蒙蒙亮，他就一头扎进云水里

相比去城里打工的愣头愣脑
二楞打鱼摸虾，头脑活络身形矫捷

水里的二楞一点儿都不愣
收了网，他赤身站在壕沟里洗脸
两边的苇荡轻轻摇着，小船微微摇晃
他的影子被水拉得长长的，像前头湾的图腾
打远望去，热气腾腾的，就像根黄熟坚挺的苇子

（原载《荷花淀》2016年第5期）

你见过大海……

阿　华

好端端的一朵蒲公英，风轻轻一吹
花就飞了，再摘一朵，花又飞了

风怎么知道，一切都是虚设
每朵花的盛开，都只是为了飘落？

我一个人站在海边的时候
有人打来了电话，她离我那么远

怎么会知道，雨在哗哗地下着
我脸上的脂粉，都变成了泥浆？

我的心情被我的声音出卖，她知道
——我的悲欢都是真的

天空有雷霆滚过。灰蒙蒙的海边
我的泪水，潸然而下——

所有的委屈，像海水般涌来……

（原载《山花》2016 年第 2 期）

桑珠寺

阿 信

桑珠寺供养的神，脸是黑的
这是长年被香火和油烟浸润、熏染的结果
崖畔的野杜鹃花瓣缀满露水。槛边
一株丁香树枝条探进雾气
水声溅响却看不见来路
我的司机当智，在昏暗灯前
认出表弟。那个穿袈裟的孩子
脸是黑的，鼻尖上面有一点白，但眼神清澈
他哥俩悄声说话，我在佛堂燃香、点灯
这里的神
脸是黑的，鼻尖上面有一点白
入门看见，几只灰鸽，在廊下空地
跳来跳去。鸽子的眼神，清澈无邪
与那孩子的一般无二

（原载《人民文学》2016 年第 6 期）

我的狮子

阿 斐

因为无聊

我伸手
往自个儿里面掏
以为能掏出一头狮子
三十多年了
空荡荡的旷野
总该有一头
优雅漫步偶尔也孤独的
倔强的雄狮

我掏出了一堆骨头
又掏出了
一把生锈的匕首
我掏出了一团熄灭的火
它看上去
像一个烧焦的心脏
最后我掏出了一本书
里面一头狮子
像真的一样
月光寂静
旷野辽阔
在名叫耶稣的牧羊人手下
温驯地吃草

（原载《诗探索》2016年第4辑）

杭州大雪

阿 斐

外面在下雪
女儿在做作业
妻子刚叠好衣服
我刚弹完一首
很久没唱的歌
好像过了很多年
终于有了这一天
吉他有点旧
衣柜有点乱
雪花比想象的大
妻子说
女儿作业有点潦草
我也不介意

（原载《诗探索》2016年第4辑）

麦地里的坟

陈 亮

割麦子的时候，我在麦地深处发现了
一个荒芜的坟头，如果你不仔细看

很难感觉这是一个人的坟
因为很多年没有填土，没有祭拜
经年的雨水已经把它冲垮到扁平形态
麦子几乎要将它埋没了
这时候，有一只黄嘴的鸟突然飞临
在坟顶上左转右转急切的叫喊
我示意不情愿的
收割机慢下来绕了过去
——剃头一样，麦子很快割完
那个顶着稀疏麦子的坟头
开始突兀，很像一个独门独户的小院
燥热的风，唰唰吹着
坟顶上的麦子头重脚轻地晃动
在巨大的空旷的天空下
漠漠的北平原上
显得更加孤独，无助——我想
等不了多久，雨水充沛起来，下一茬
种下的玉米就会汹涌地长满了它的周围

（原载《鸭绿江》2016 年 7 月号）

众鸟之中

陈小素

众鸟之中，只有你用米粒大的眼睛将我认出
众鸟之中，只有你

敢用十公分的身体走进我备好的囚笼

只有你敢把我的屋子当成后花园
在地板上散步，在花盆的盆沿上打盹儿
或干脆安睡在花丛里

众鸟之中，只有你敢绕过我的屋梁
依墙读陆游的《卜算子》
每读到“零落成泥”就张开鲜红的小嘴叫上两声

只有你敢把我的手掌当成母腹
把呵斥当成骄纵
在我的杯子里饮水，或水浴
信奉“信任是一种美德”……

而自你死后我就决意不再认领鸟类
多少囹圄隐于无形
众鸟之中，只有你敢用你的母语
触碰过我心里的栅栏

（原载《中国诗歌》2016年6月号）

山中慢

陈小素

一别几年，闻得你仍披满尘世的硝烟

日日不得消停

而我将身安在山里已经好久
看闲花落地，听雨声奔走在檐上

但这不等于你心怀的欲念我都已放下
也不等于你独酌时的闲愁我真的已经消解

廊前鸟飞，屋后草枯
我在这里，不是要归隐，也不是

要为行将消失的家园立碑
为那些草木写志

万物归属，皆如尘埃落定
却不是那些过去的都可以回来

我在这里，只是想远离人群
像那只杜鹃一样

在夜半时，听一听自己的哀鸣

（原载《中国诗歌》2016年2月号）

月光之外

陈马兴

这些天
常常想起你
这些天
月光皎洁，青草离离
中秋盛大的月亮
今晚把我们照在两边

你知否今夕何夕？
思念像一只夜莺
飞越林地　山冈
飞向那一片芦花

夜的汽笛
却打断了它的翅膀
我从这无边的冥想中抽回
将自己隔在月光之外
只愿这秋月的洁白
独照你的坟茔

（原载《粤海风》诗文选萃 2016 年第 1 期）

芦花白了

陈年喜

白茫茫的芦花　比丹江
还要盛大
这是另一条河流
江河万里　甘苦自知
都有　清清浊浊的沉浮

在秦岭南坡　芦花白了
雁南飞　枫点火
南山顶上霜露闪烁
秋阳的暖意薄如蝉衣
土丘的陶罐　被山风打翻

羊群下山　它们是民间更白的芦花
小小的羊羔含苞待放
它们欢乐　奔跑
像谁铁环滚动的童年

一群远行的人　心上的尘埃
被秋风吹起吹落
那是　白茫茫的芦花啊
头上的天　蓝得
远离人间

（原载《扬子江诗刊》2016年第4期）

留　恋

邵纯生

我时常把自己比作一只麻雀
爪子弹离枝条，最后一片黄叶掉落
树林光秃秃的像一群浴女

并非厌恶冬天，乐意逃离
这片老林子，如果还有什么叫人留恋
我将会飞得慢一些
或者住下来，落在雪上

枝头太冷了，不敢久待
假如少女们掀起衣衫一角
在贴近那棵老槐树的根部搭一个鸟巢
藏起我今世的肉身和过失……
倘若至此，我已爱上了北方

至此，我的翅膀已被冻僵
我已无法前行

（原载《诗探索》2016 年第 2 辑）

2001年10月3日：是死神让我们端坐在房间

非 亚

父亲病重已久，我又一次去医院看他
我站在床头
问他吃过早餐没有
更多的时候，他在那里休息
我则坐在走廊
看一本书

有时他起来，喝一点水
吃一点东西，有时喘气
艰难地弯曲身体

中午，他侧身而睡，我也困得
躺在一张小床，从旁边的
窗口，可以看见外面的天空
一株玉兰树
更远处的一张池塘和桉树林
还有山坡上，新落成的一座清真寺
记得那个下午
安静极了，很多时候，走廊里只有
我一个人，光线从窗口
慢慢渗进
我感到
是死神让我们端坐在房间

（原载《读诗》2016年第3期）

空山沉寂

林　珊

黄昏越来越迟，你独自走在山中
地上覆满了青苔、松针、酢浆草迸裂的果实

我在花瓣的缝隙里看到你，手捧露珠
身后小径蜿蜒。紫堇又抽出了新鲜叶片

你深谙那些我心向往的事物：
空山沉寂，鸟鸣不易被打碎
薄薄的蓝衫上，灌满了春风

（原载《人民文学》2016 年第 5 期）

把大海关上

林　莽

面对浩瀚的大海和喧响的波浪
面对一切宏大的事物
一个小小的生命能如何面对

记得童年　乡村庙会上锣鼓喧天
舞狮抖动着红色的鬃毛突然间高高地站起

幼小的身心上印下了源自心底的战栗

而后　那场更大的风暴来临　我十六岁
面对惊恐　失望与无法抗争的命运
只能以沉默和韧性度过那些艰难的时日

两岁的丫丫
第一次见到大海的外孙女
跟我们说:“把大海关上”

海　却一直汹涌着
把浪花一次又一次地推到沙滩上

在回家的路上
她小声地问我:“大海关上了吗”

（原载《草堂》诗刊 2016 年第 4 卷）

我的车位前曾有一棵樱花树

林　莽

春风掠过时我漫不经心
层叠于枝干上的花朵轻轻地颤动
我打着发动机
车退向一棵刚刚长出叶芽的小小银杏树
初春　有着一年中最新的事物

而后便是夏日飞临
掩去北方短暂的春日

而后便是秋风和冬雪
许多计划随着时间流逝
曾经潜在的希望也已无法落到实处

转过年来的春风中
我突然惊觉　我车位前的那棵樱花树
不知什么时候已不翼而飞

四处春意盎然
而曾在我面前的　这丰盈而充溢的美色
何时化作了一缕飘飞的青烟
那棵我车位前走失的樱花树
看见过我春日的倦怠和心不在焉
生活　一些无端的失落
也许无须再找到它的归宿与理由

春风掠过时
我转动方向盘　车徐徐向前
生活又进入了新的一天

（原载《山东文学》2016年2月上半月刊）

在桃花镇的日子

林　莉

想想我们在桃花镇的日子
那些豌豆花的云彩和刚刚砍回来的
松树兜的香气

我们的祖母总是一大早
就挨个儿来到我们的房间
给我们送来刚烤好的红薯干

亲爱的
那里的每一天
都是我们余生里最年轻的一天

祖母还在小水沟里洗胡萝卜
父亲用自行车载着母亲从县城回来
一群群麻雀在天空盘旋
然后消失在山冈

我们像另外一群麻雀
叽叽喳喳着
我们的眼里
只有成片的豌豆花
开得那么明亮
略含年少不识的忧伤

（原载《诗刊》2016年6月号上半月刊）

暮 春

林 莉

多余的灯都熄灭了
我们才披着一身干净月色

耳边有溪涧凛冽的潺潺声
自身体的空旷处传来

多年以后
我们在各自的孤旅中
又遇见自己喜欢的事物
再次为莫名的喜悦
疼得掉泪

人世呀，被流水送到一日之远
人心呀，难道是满月催它们分离
各有苍凉

（原载《人民文学》2016年第9期）

我喜欢这世界衰败的部分

林一木

与全部的世界比起来，我更喜悦于
它衰败的部分
站在曦光里，看光线
穿过深冬的原野，给白杨树枝涂上一层
静默的灰尘，
落叶腐朽，远处，针叶林戴着墨绿色的
陈旧的帽子
河水早已冰封

我不得不被这世界衰败的部分打动
它是一个孀居的妇人
一个，暮年的得道者，她的衰败
是一面衣襟
只是一面衣襟
在它虚弱的怀抱里，你的想法
只占据了一丁点——
你看到自己的无知而噤声
在黄昏，你会看到遍地衰落的黄金

这衰败是另一番生机，一个
灰色公式
接近真理——
生命之书里，你看到所有河流与高山
是同一个宇宙

你看到它演算的内部
四季
不断变幻，成为，一个万花筒
太阳下，你听见孩子发出惊奇的尖叫

（原载《诗歌月刊》2016年3月号）

一夜石湖桥

林典铇

一场夜雨
不远处的石湖桥，被叫醒
它来自清代
它想起当年坐船离开的书生
至今未回，望断秋水的邻家小妹
终做人妻，子孙满堂，无疾而终

它失眠，总结见证过的无数人生
从童年到老死
除了偶尔下雪，偶尔台风
不过两种天气：要不阳光，要不下雨
就如生活，除了男人、女人之外
偶尔无赖，偶尔强盗

它记忆犹新
那几个没事找事的酒客文人

按春夏秋冬，做“桐城八景”小诗
后人拼了命按诗寻找，无着
其实当初的风景就是在一壶酒里
但此“八景”确实是前朝留下的线索

雨停，晨曦初露
石湖桥倦了
它很清楚，一夜失眠真不算什么磨难

（原载《诗林》2016年第3期）

临　帖

孟醒石

凌晨三点，惊醒，再难入睡
起床，临孔庙《礼器碑》。
拓片极黑，若万古长夜
笔画很白，如门缝。
读帖，便是从门缝里看院外
月亮怀揣利刃
翻墙过来。
而在白纸上写黑字，就像
光天化日下，从门缝偷窥里面
庙堂内光线昏暗，什么也看不见
冷不防，被伏兵击中
带伤溃退。

就这样，我边读帖边写字
变换纠结，不知不觉，天色渐亮
今天的苍穹，依旧是
千年拓片上的一点飞白
仰望的人，生出刻碑之心
不管怎样做，都会伤痕累累

（原载《星星》诗刊 2016 年第 3 期上旬刊）

虫儿记

郁　葱

早春的时候有柳絮，
有青绿，还有虫子，
各种各样的虫子，
钻进土里的和飞起来的，
它们都很小，小得可爱。

大概在天地之间，
人不过如虫，
甚至比它们还微小还微弱，
有时我们留下了字，留下了声音，
仅仅不过只是像虫子们身后的印痕。

那印痕没有多深，

风一吹雨一遮就消失了，
那些肤浅的印记就再也找不到，
留下的，也耐不住一夜长大的浅草。

其实更愿意像一个小虫子，
冷而蛰居，暖遂萌动，
简单寻生活，清净伴日月，
不问尘世喧嚣，只见草绿草黄。
早晨看着虫子们在树丛中的
那份从容，
就想，虫儿微不足道，
但它们未必没有大于我辈的
心胸和满足。
如此，为人足矣，
为虫，亦足矣。

我曾经在某一个傍晚看到过
人的脆弱，
风一吹，他就破碎。

（原载《北京文学》2016 年第 6 期）

老相册

欧阳江河

黑鸦没有右手，却有两只左手

手与手隔世相握，桃花换了人面

换谁都是两手空空
天人对坐．催促灰心

影子从屋顶明月缓缓降下
这埋入土地的天空啊

一大片黑影子扑腾着白雪的翅膀
一枚分币敲打安息日的心

在底片上，黑鸦像个职业摄影师
对着一场大雪，按下阳光的快门

谁将这无人的椅子坐在花里
谁命令我坐下，命令一百年的雪坐下

夏天过去了。乌鸦和雪还坐在那里
而我坐过的椅子上坐着一个无人

（原载《上海诗人》2016 年第 3 期）

慢有慢的好处

罗广才

慢有慢的好处

譬如，细嚼慢咽
有助于一个城市，养护它受伤的肠胃和器脏
一株慢开的花，能储存更多芬芳
它细致的花萼托举三月细碎的绒毛，恰到好处的美
让人愉悦

再譬如，一列慢行火车带我们去乡下
在慢下来的时光里，你可以欣赏沿途的风景
考量一棵树，焦距里
轮回的荒芜
因为被痛苦的多次烤炙，多侧面的翻晒
慢，能让一个受伤的灵魂，拥有青花瓷般
釉彩的光芒

春草迟迟不绿
你的短信迟迟不来
我缓慢的爱情，在路上，雕琢
我受过伤，越发坚硬
花期短路的岸

（原载《延河》2016 年第 1 期）

白鹭，在初春的护城河上飞

罗兴坤

它一定在这里失去了什么

它一定在这里看到了什么
一只白鹭，一个早晨在春天的护城河上
来来回回地飞
把一条流经小城的河水翻动得哗哗响
把一个初春的黎明翻动得哗哗地响
我站在岸边，内心一些说不出的事物
泛着波澜

一个早晨，那只白鹭浑身湿漉漉的
我浑身湿漉漉的
在我们爬上河岸目光相碰的一刹那
我们几乎同时看到了
昨夜那个溺水者的亡魂

（原载《山东文学》2016 年 11 月上半月刊）

桃花岛

罗兴坤

无非就是一个荒岛，几块风吹浪打的岩石
黑色的蛤蜊在为风浪的刀痕结痂
无非是几只海鸥落过又飞走了，几只螃蟹横行
举着刀驱赶着我内心的荒芜和风浪

无非是一个荒芜的人
坐在那里，被海水一次次扑打

伤口越来越深，疼痛越来越大
时间久了，适应了风浪的伤痛
我们重新命名着生命
把海浪看成伤口里开出的一朵朵桃花
有着鲜艳的血红

你被大海扑打，我在人间沉浮
无非在我们疼痛的时候，你把我看成了海岸
我把你看成了灯塔

（原载《山东文学》2016 年 11 月上半月刊）

哈尔盖河，一条放生的河

罗鹿鸣

端起一盆湟鱼的尾苗
到哈尔盖河边放养
像搂定一个浓缩的青海湖
结果，将哈尔盖河也一并放生了
在刚察草原，牧羊的鞭子上
流淌憨厚而宽广的大地
细瘦的清澈的鞭痕里
湟鱼们逆流而上
湟鱼们顺流而下
兴高采烈，如往返探亲
（青海湖胖乎乎的腮帮子

贴着祁连山南麓的衣裙
油菜花像一件金黄的风衣
欲望的金子波浪翻滚）
天上有一道王母娘娘的蛾眉
化为河中一条湟鱼的银光一闪
那一匹早已遁迹历史江湖的青海骢
也被钟鸣漏尽的远方放生了回来

（原载《汉诗》2016 年满江红卷）

在长乐小学

金小杰

这片土地盛产大块的石头
像当地的男人，方方正正
下车，问路，横穿整个村庄
目的地是村头一所小学，红砖、矮墙
学校正在放假，没有孩子
从村南到村北，路瘦成一根鱼脊
我站在破旧的校门口，打量
下辈子的江山
没有自习室、阅览室、图书室
野花开遍整个操场
一个女孩怯怯地喊着“老师”
像一把钥匙，所有的风都调转了方向
阳光很好，风很轻，草穗正在结籽
一根粉笔，正躺在我的讲桌上

（原载《山东文学》2016 年第 10 期下半月刊）

歌唱之诗

金黄的老虎

这是一个寻常的早上
四月总归是伤逝的日子
可她在歌唱
我们的厨娘在歌唱

她哼唱着走来走去拖洗地板
歌声激荡起食堂大厅的空旷
置我于浑然一体的一道道忧伤

院子里道路旁都站立着明媚的树
树叶被雨水擦得铮亮
鹧鸪在稍远处呼告般地鸣叫
一筹莫展的天空
蓄积着更多的阴沉

但我低下的头和倾听的耳郭都知道
它们都极致地匹配着
她在此刻歌唱

（原载《读诗》2016 年第 3 期）

林中鸟

周瑟瑟

父亲在山林里沉睡，我摸黑起床
听见林中鸟在鸟巢里细细诉说：“天就要亮了，
那个儿子要来找他父亲。”
我踩着落叶，像人世的一个小偷
我躲过伤心的母亲，天正蒙蒙亮
鸟巢里的父母与孩子挤在一起，它们在开早会
它们讨论的是我与我父亲：“那个人没了父亲
谁给他觅食？谁给他翅膀？”
我听见它们在活动翅膀，晨曦照亮了尖嘴与粉嫩的脚趾
“来了来了，那个人来了——
他的脸上没有泪，但好像一夜没睡像条可怜的黑狗。”
我继续前行，它们跟踪我，在我头上飞过来飞过去
它们叽叽喳喳议论我——“他跪下了，跪下了，
他脸上一行泪却闪闪发亮……”

（原载《诗选刊》2016年1月号）

治多县夜空

庞　培

我觉得我欠这里的夜晚一次旅行

不是今晚，不是早晨酒店醒来去卫生间
想起外面草原
我的那次旅行，被迷失在时间、人生
尘世的深处。这个高海拔凌晨的
玉树州治多县仿佛浩瀚星辰中的
一双眼睛，看着我人生的整个黑暗
看见我来到哪里，曾经经历过什么？
各种命运。水池哗哗响的水声
黄河、长江、澜沧江在我头顶
等在酒店门外的，却是一次
错误的经历
我不该这个时候来，草原
在你最破败、凄惨的时辰
骑马的康巴藏民把马儿拴在了
带有铁丝网的围栏木桩上
西天取经路上的唐僧玄奘
被一辆高寒的油罐车吸引目光
清晨，正倾斜过车身缓缓转弯
山是蓝的，在一颗晨星的隘口
我不该作此瞭望。山谷上空，月亮拉开的窗帘
看到了县城街道
贫病交加的颜色
我划亮一根火柴，仔细辨认
我放下的行李中，没有一件
关于你的经文。唐蕃古道的治多县
美丽的通天河

（原载《读诗》2016 年第 4 期）

南　行

炉　子

柳枝垂绿，小麦返青
蚂蚁结束一冬伤残的旧梦

它爬上我的脚踝，错认我为一棵枯树
蚂蚁军团
快速袭击了身与心的枝丫

我向南疾走
总有一条河让我的心死去
总有一堵墙让我头破血流
孤掌拍烂

荒草张开嫩黄的口
咬紧了我的脚后跟

（原载《山东文学》2016年5月上半月刊）

秋　日

陌上寒烟

我喜欢就这样坐在林子间

静静地想你
光线是暗淡的
画面也是

新绽的水野菊在左边，青苔在右边
风轻轻吹过来
一只鸟儿弹动琴弦……

我静静地忍耐着
不发出声音
天空阴郁得就要下雨了

（原载《延河》2016 年第 3 期）

有时候

陌上寒烟

我像一只小鸟儿，这样飞
那样飞。飞不出这片山野和林子
雨季来临，抱紧苦楝树
更多时候，我站在高高的山冈上
眺望远方和湖水
风吹出你的形状，风吹散你的形状
这人间的迷嶂，它
将我包围

（原载《延河》2016 年第 3 期）

小夜曲

孤　城

庭院寂不寂寞？反正守候它的铁锁
锈着
什么时候
牵牛花已爬满合欢树

虫鸣交织秋夜
耳语者。不求相见。只在独自能懂的心境里
倾听莫名
醉意一层淹过一层

我怦然过，又能怎样呢

（原载《诗歌月刊》2016 年第 9 期）

山色尽

武强华

黄昏
女人脱掉衣服，在河水的源头俯下身子
山褪掉豹皮，袒露出腹肌和胸部的肉
野兽只能在远处观望，却不能去打扰

这近乎野蛮的仪式……

这一切与神无关
但令兽类最原始的欲望
也感到惊惧

（原载《诗探索》2016年第4辑）

拒　绝

武强华

起身离开的时候
一个男人挽留了我
多么及时
夜色还未抵达深渊
酒精还未将我麻醉
众人关于生活趣事和文艺创作的主张
才刚刚使我感到厌倦，他刚好
给了我一次说不的机会
让一个在饭局上沉默已久
如坐针毡的女人
轻而易举地
通过拒绝一个男人
拒绝了整个世界
强加于她的全部理论

（原载《诗探索》2016年第4辑）

只差一步

练彩利

那是一道闪电的开始。阳光的移动
刚好制造了一片
槐树阴影。跳探戈的女人
双脚钉在大地上
她表情严肃，仿佛另一个人贴紧她的脸
追逐、躲藏、踢腿、腾跃、270 度旋转
——她搂着一个不存在的舞伴

在一个断音处，她突然停顿。她是一幅剪影
是未完成的雕塑。望着空荡的前方
似乎在等待下一段旋律
或者未出现的人
她深吸一口气
我听见黄昏咔嗒一声，将她关入太阳背面
舞曲仍在循环播放：只差一步。
只差一步。尚嫌不够。永远是这样

（原载《诗选刊》2016 年第 3 辑）

落日西沉

赵　青

在离地近 500 米的观光天阁
我和同桌停止交谈
落日西沉
黄浦江像一条灰色的带子
把此刻和 35 年前
扭结在一起

那时　在沱江江岸高高的草坡上
她正不停地折磨
我们身边的一棵芭蕉树
夕阳就要沿对岸的山脊滑落
一只叽叽喳喳的麻雀
刚落到不远处的山石上
随即又飞远
她把嫩绿的芭蕉叶
撕成窄窄的一片一片
越来越浓的苦涩
在我们之间弥散开来

我和她都知道
被一点点撕碎的
不仅仅是碧绿的芭蕉叶
可在那个落日西沉的时刻
我们谁都没有打算
先开口说话

（原载《诗探索》2016 年第 3 辑）

这个春天

赵亚锋

这个春天，山的皮肤依然是绿的
水的眼睛有些发蓝
包着青丝巾的麦苗——像稳重持家的
公婆，隔着几道地埂，借风之语
对顶着黄头盖的油菜花——那个涂脂抹粉的
新媳妇，絮叨着作为农村女人
在春天应该恪守的本分

风一阵接一阵。风的意思
是要把大地吹得薄一点，再薄一点
好让那些星星一样的小草挤出头来
看看春天的模样

“有一处雪始终未化。”站在梨树上的一只鸟
对另一只鸟说话的语气有一丝冷
而桃花盛开，更多身披黑风衣的鸟儿
像几粒还未充分燃烧的煤屑
他们关于雪的激烈言辞
高过了一座村庄的炊烟

（原载《文学港》2016 年第 1 期）

念奴娇

荣　荣

如此急切　他用镜头捕获了那么多荷花
仿佛它们只是歇息于宽大荷叶之上的只只小鸟
而她只是想辨认　这一朵与那一朵
哪一朵更恣意　更无顾忌

那一夜　她的睡姿像极了一朵荷花蜷曲
而他知道　她捂紧的身子里装有多少蜜
那一夜　湖畔的寝房在水声里舟行千里
他担忧着隔夜荷花上的蛛丝和凉意
她想象着几次花落

而晨光也来得急切了些　他们相视一笑
对于相聚中又将开始的一天
她欠他一个梳妆　他欠她一个拥抱

（原载《中国诗歌》2016年2月号）

登越山记

胡　弦

我上山，想看看某人的庙，某人的坟，

某人赋闲后，怎样种花，饮茶，消磨戏文……
某块顽石无名的孤愤。

在山顶，我想看看那曾在此远眺的人。
想我，也是这人间隐名
埋姓的王。而你曾是小妖，救国救民也祸国殃民。

一夜风吹，松针落，花雕和老圃安静。
——且把棘手的前生放在一旁，
我下山来：你已梳妆毕，正在山脚下等我。

（原载《读诗》2016年第2期）

仙居观竹

胡　弦

雨滴已无踪迹，乱石镇住咳声。
晨雾中，有人能看见满山人影，我看见的
是大大小小的竹子在晃动。
据说此地宜仙人居，但劈竹时听见的
分明是人的惨叫声。
竹根里的脸，没有刀子取不出；
竹凳吱嘎响，你体内又出现了新的裂缝。
——唯此竹筏，把空心扎成一排，
产生的浮力有顺从之美。
闹市间，算命的瞎子摇动签筒，一根根
竹条攒动，是天下人的命在发出回声。

（原载《读诗》2016年第2期）

老　墙

柳　苏

劳作年头久了，土地的垄行
皱巴巴的日子，都写在了脸上

认定希望能长在田里，这辈子有收割不完
的五谷。十匹马拉不掉头的意念如今瘪了
可怜四叔那不凡的身手，断谱后半章

把春天揉碎，已没有以往的碧绿
连梦里的树也被砍得不剩一棵

笸箩，簸箕，连枷，筛箩，耧具
散落在墙角，一个个垮了脊梁
扇车的记忆里，再扇不出一把秕糠

身后，一块泥坯悄然脱落
自己又何尝不是一堵崩溃的老墙

（原载《诗刊》2016 年 9 月号下半月刊）

变异的静谧

柳　苏

树枝一动不动，无风
几只麻雀一个劲啄着羽毛
墙脚晒太阳的老太太，正打瞌睡
拄拐的石四爷摇晃着走到跟前
端详了半天，没认出我来

整座村子没有一点儿响动
恬静，暖烘烘，太平
日子找不出破绽。只是担心
魂牵梦萦的家园挡不住苍老，最终
声带失振，不再发声

（原载《扬子江诗刊》2016 年第 3 期）

林　子

柳　沄

北陵公园里
有一片很深很茂密的林子
茂密得除了柞树、椴树以及
三百多年树龄的松树

不肯再容纳任何东西

它们不仅学名不一样
枝条和叶子不一样
当风经过这里时
就连晃动的姿势
也有些不一样

所有这一切
使它们聚在一起的同时
又沉迷在各自的世界里
时间久了，除了根深叶茂
我看不出它们
还有别的愿望

时间久了
它们更加不一样
并且越来越不一样地承受着
一样的霜雪一样的风雨
这很像我和我周围的同事
——一直吃着一样的粮食
却成为不一样的人

我在心里说
知道这些就够了
至于有关树的知识或学问
则是多余的

（原载《读诗》2016年第2期）

口 信

哑者无言

如果你们有谁见到李炳稳
请转告他：
吴美丽结婚了，现育有一子，家庭和睦
请勿念

另：高三时他文具盒里的那块写着“我喜欢你”的橡皮
不是吴美丽放的，那只是我们临时起意的
一个恶作剧
请原谅

——李炳稳，我高中的同学
在二○一一年夏汛来临之前，他走失于一条河流
生前在地方法院工作
患抑郁症多年

（原载《诗探索》2016年第1辑）

慢

哑者无言

期待彼时大雪封门，我们在乡下的老房子里

围炉，烤红薯，剥花生，抿红酒
听窗外松枝断裂的声音

偶尔回头，看看墙上的父母。再伸出手
抚摸对方额头的皱纹。在玻璃窗上画上各种动物
然后在旁边写下心中念叨着的那个人的名字

（原载《诗探索》2016 年第 1 辑）

那些不遗余力的幸福

秋 水

阳光经过多少奔跑
才落到我的门外我的窗口
风冷冷的
小提琴紧张而幽怨，带着昨晚的雨滴
我和这世界一块儿闭上眼睛
春天来不来我已经不太关心
似乎也对我无能为力
许多不遗余力的幸福被随意丢弃
无数次伸出手又缩回
我无法启齿问一个定要离开的人
他的理由会像月光一样
轻蔑地洒下来

（原载《绿风》诗刊 2016 年第 1 期）

夜晚，我听见青铜声

修　远

夜晚，我听见青铜声
你说，不，那是冬天的风声
然而，那声音仍然灌满山谷

夜晚，我听见青铜声
你说，不，那是远方的松涛声
然而，那声音如肋骨断裂，嘎嘎，折断了大树

夜晚，我听见青铜声
你说，不，那是冰河移动的脚步
然而，那声音已然逼近我胸膛，万马嘶鸣
夜晚，我听见青铜声
你说，不，那是雪压屋顶的坍塌
然而，那声音把万物顶起，哦，小草正拱出了大地

（原载《桃花源诗季》2016 年秋季刊）

代销店

侯　马

村里来梨了

我从家里拿了几枚鸡蛋
跟爷爷去代销店换梨
爷爷去村口尿一泡
等他回来
我已换完
站在代销店门口
我手里的鸡蛋变成了一颗梨
比一枚鸡蛋大不了多少
我记得那晚冷
记得爷爷沉默
他没想到只换到一个梨
他觉得我可能被欺负了
他可能后悔不该谋算让我吃梨
不该去尿尿
那只梨的下落我丝毫不记得了
梨子的味道
丝毫不记得了
生理的记忆没有
关于味道的判断也没有
记忆是个不公正的法官
总是判决失望、屈辱、落寞赢官司

（原载《诗刊》2016年7月号上半月刊）

我从不说孤独

剑　男

我从不说孤独，作为一个书生
说孤独是可耻的
在我书斋中有那么多邻居
有诗人、哲学家、思想家
也有普通的劳动者
虔敬的信徒、朴素的流浪汉
以及慈悯的老人和美丽的少女
我独乐时不与自己为敌
狂欢时不抬大众的人偶
作为对这个喧嚣但寡欢时代的回应
我读书，但谨慎思考
我赞美，但有尺度
我反击恶意中伤，但守住底线
即使摔自己的碗，也不砸别人的锅
当我等来一个失眠且停电的夜晚
在阳台上看见自己落寞的身影
我也不说孤独
不以万物都睡死过去的夜晚比拟人间
黑暗深广
我要告诉那些没有经过长夜的人
万物都会在它的怀中复活
孤独不过是世间共有的属性

（原载《人民文学》2016 年第 7 期）

室韦的夏天

津　渡

夏天这样短暂
如同河对岸，打水的俄罗斯女人
脱下短衫的瞬间。

风，涤荡草场
牲畜的汗息和粪便的气味，跟随热浪
席卷而来。

某个时刻，你感到厌倦
在扁豆扬起的蔓须和蜀葵的脸盘之间
怅然若失。

蓝莓酱捣好了
装进透明的罐子，不知名的纱翅虫
在玻璃壁、马腿阴影里爬搔。

逼真的幻觉
一再陷入可能，犹如那呆傻的木刻楞之窗
眺望每个来临的日子。

还有很长的路
而躯体并不急着起身，它被流水挽留
在不断跃动的反光里。

（原载《诗探索》2016年第3辑）

新年诗

莱　耳

被爆竹声惊醒，还以为
下雨了。这是新年的早晨。
雨点落在檐瓦上，急切，清越，
像短促的春天。起床，远眺，
喝水，回复新年的短讯，看完一部
科幻电影。天色渐亮，
深南大道和平时一样，这么早
在新年赶路的人，都是些
什么样的人。深圳湾，由青蓝，
到青灰，像一段从大海深处
露出的鱼骨。窗外的鸟声，
比夏天晚一个小时，在内心
宁静的时候，我会经常想起
它们。虽然此刻，我心中
略有不安，像逐渐加深的灰霾。

（原载《读诗》2016 年第 3 期）

洛尔迦故居

姚　风

抵达格林纳达，已是华灯初上
街上，少女们头插鲜花
向着最璀璨的地方奔去
太阳，或者月亮
总会给她们一个理由去狂欢

而洛尔迦在哪儿
银子和露水都应该是冰凉的
即使有阳光，也是冰凉的温暖

在白色和阴影的房舍
你就是用这样的目光问候了我
窗外，远山顶着白雪
雪也是大海
折射着六月蓝色的阳光

你曾饮过的溪水继续流着
它流过你诗歌中的卵石
漫过我的唇间
直到蓄满心灵的池塘

必须像水一样爱你，因为你是水的儿子
因此，你的死亡是那么小
小过你诗歌中的一个逗号

（原载《诗刊》2016 年 5 月号上半月刊）

纠　正

娜　夜

我一边责备他们
怎么可以把斯特劳斯跳成这个样子
一边纠正自己
对这个时代和广场的过分要求

时间继续向前
我站下来回忆
第一个和我跳斯特劳斯的人

很细的腰
很羞……我　还记得！
我已经允许自己忘记
那些以为一辈子都不会忘记的

只有遗忘的人生可以继续！此刻
我需要经过这条路回家 1945 年
老斯特劳斯需要自我流放
到瑞士：音乐是不会死亡的！

一个时代需要经过它必然的雾霾
他们街边的舞步需要一盏戴着口罩的路灯

有一刻　我流下了路灯的眼泪：
没有幸福的脸
只有带着伤口滚动的露珠

（原载《六盘山》2016 年第 2 期）

回　家

莫小闲

我总是去一些陌生荒凉的地方
发着呆，想着心事
不知不觉待到天黑
天色黑下来，我就开始害怕
四周无人我就更害怕
一害怕我就跑了起来
我的狗也撒起脚丫子跟着我跑
跑过那一片最荒凉的夜色
跑到我认为安全的地方
我们一起停下来
再假装悠闲地走回家
我知道我的狗什么都不知道
我知道你什么也不知道
在每次回家之前
我要经历多少荒凉的夜色啊
在抵达你的怀抱之前
我曾恐惧、紧张、怀疑
也曾一个人咬牙切齿
对你恨之入骨
却从来不曾有过绝望

（原载《星星》诗刊 2016 年第 1 期上旬刊）

南 瓜

莫卧儿

一切紧缩的事物都酷似心脏……
今年雨水特别多
仿佛只是一夜
小区的草地，篱笆架，甚至路边
无端就多出许多只南瓜
翠绿饱满
让我忆起老家
稍不留神，就瞅见湿漉漉的叶子后面
探出一张湿润的南瓜的脸
这样的时节
清晨醒来常常不知身在何处
昨日还对友人说
躺在床上一时分不清
少年，青年，抑或中年
忆起灾荒年月
童年的母亲因饥饿摘下别人家小南瓜
藏入裤裆中
看见大人吓得双腿一松
瓜儿竟从裤管滚出
多年来我每在厨房烹饪
当刀锋闪着雪亮的寒光迎向南瓜
总有一瞬
时间突然静止下来
握刀的人，灵魂挣脱肉身
飞去了远方

（原载《山东诗人》2016年第2期）

田园诗：致孤独的面孔

徐俊国

光阴有些冷，它懂缩骨术
那舍弃了花朵的紫藤
看起来比夏天清瘦
那风干的橘子，恰如
事业在枝头完成了甜蜜的燃烧

一条直道走一年的人
都练习拐弯去了
我把自己留在一首田园诗里
冬眠之人，犹怀小满之心
想一想白鹭在哪片芦苇过冬
数一数圣诞树上住着几个天使
神也会老去
数一数羽毛每天掉几根……

更多的时候，我从早晨出发
慢悠悠走进镜子里的小河
把真理那孤独的面孔
端详成透明之人——
那永不结冰的幻影

（原载《飞天》2016年第5期）

乙未年重阳偶书

荫丽娟

为什么总是一不小心
就站在生活陡峭的边缘。
那些愿景，春天种下的种子
没有发出嫩芽，更没有在秋天的枝头结成籽粒。
我甚至都
无法拨亮尘世间的一盏灯火
照料不好从身体里开出的一朵小花。
遇见的一些事物，还来不及深爱
它们就已经老去。
心中蓄养的山山水水，也曾无限的珍惜。
我这糊里糊涂的前半生
我这没有能登高望远的前半生。

（原载《诗探索》2016 年第 1 辑）

我是霞彩凝望开花的树

烟　驿

把自己流放在一株玉米上
攀着季节生长，站立着看鸟飞

把自己流放到白鹤翅膀上
触摸云端的潮湿，举高命运

做一篇文章在豪气中安放情怀
天下忧乐谱上抑扬顿挫
唱大江东去也唱古道西风

我是山间一道清泉流过磐石
是碧空一轮皎月抚摸山峰
是一个人不灭的梦想去追寻

我是时间镜子垂落的梦
醒着也是睡着，睡着也是醒着
我是镜子也是时间

我是霞彩凝望着开花的树
树在旷野凝望着霞彩，举起满身花朵
像点燃火炬

（原载《山东文学》2016年11月下半月刊）

浮桥上的月亮

聂 权

再没有比它更高的浮桥了。
而人们忙忙碌碌，只顾

重复每日脚步。但还是
有人
仰头，注意到
那轮红色的月亮
它竟然那么大那么圆
散发与现实对应的
梦境一样的光彩——
兴奋地，对身边的男孩大叫了一声
把手指向了它

（原载《诗探索》2016 年第 4 辑）

四个人的下午

聂 权

一个女孩
在六年前的出租屋，我的隔壁
门前站着，敲，咚咚，噔噔
一个下午

昏黄的光线煎熬而又漫长
像炒锅煎煮小黄鱼。
数次探头，看到她马尾辫的油亮

“我知道你在里边！”有时她发出呼喊
而里边的两个人一声不吭

忽然想起她，是想起
她的伤心、绝望和坚持
是基于
多美好的一份情感的
不死心和期望

（原载《诗探索》2016年第4辑）

陡 坡

钱利娜

我心中的陡坡沉默不语
她的棱角，是岁月隆起的
一场痛哭
她摸到了万里西风
长出的皱纹，它细密的冷
交织的太虚之境
清洗我的骨骼
它的白和紧，是难抑的思想
留在骨架里
一层层盘剥
我鸽羽般吹拂的心
我心中的陡坡，向下
画出毁灭的弧度
向上描摹苦难的道歉，偶有一叶白帆

隐现。我走向远方
一双用炊烟捏成的眼睛
踽踽呼喊着落日

（原载《星星》诗刊 2016 年第 6 期上旬刊）

人民广场的樱花又开了

高 文

人民广场的樱花又开了
花朵像翅膀飞过眼睛
夜光里，人们纷纷来到树下
拍照，遛狗，放风筝
一阵南风吹过来，人们的惊呼声中
花雨纷飞，两个小女孩
忙不迭地拢着小手，捡拾花瓣
我对 19 岁的女儿说
这是单瓣樱花，开得早
你回学校时，替我去看看洪楼樱花
多瓣的，盛开时像一个温暖的故事
“那棵让我感动的大树，也该开花了”
女儿漫不经心地答应了
我却沉默了好久——
其实，她去看了也不一定感动
对每个人而言，有故事的花开才叫美丽

（原载《山东文学》2016 年 7 月下半月刊）

赞美诗

高兴涛

有些地方绿了
这不容易
洋槐树的花，洁白干净
柳树到处都是，头顶蓝天
年轻人跑进了城里
山沟空无，充满孤独
动物是羊、驴，偶尔
会有几只猫，在流浪
风是微风，有时生气
掀起尘土
让人看不清这个世道
真想好好爱一种事物
赞美她
用安静抚慰
给她起一个好听的名字

（原载《延安文学》2016 年第 1 期）

枣林落日

高若虹

落　再落
一滴血　从打枣人手指尖
缓慢地落
更具体地说　是一只被红枣映红的喜鹊的眼
在枣林　眨了一下　又眨了一下

它看抡圆的胳膊落下
看打枣杆落下
看沿黄公路上一辆长途大客车　两辆小汽车　三辆摩托车
如风吹的叶子　从远方的枝头飘落

我是和枣林一起抵达黄昏的
我知道　我正被落日缩小　再缩小
小到一片叶子　一颗枣　一根枣刺
小到一只回巢的蚂蚁
匆忙　孤独　还有一滴暮色的沉默

这小小的茂密和宁静
我喜欢着　如喜欢逗号样过滩上坡的二嫂　二哥
而我更喜欢　在这凝重的枣林里
先扬手拍拍一身尘土
再弯腰　提起有些变冷的
被人遗忘的两手暮色

（原载《地火》2016年第2期）

一枚死者的硬币

高建刚

在小区超市买鸡蛋时
肥胖的老板娘找给我一元硬币
第二天，它成了一枚死者的硬币

不知为什么
我一直保留着它
隐约感到它的含义
一旦花出，就掉入人海里

她生前不懂得爱世人
常在收银台里口出秽言
曾找给我一张二十元假币

我忽然想到，我钱包里的人民币
会不会也来自一些死者的手里
如此，我们一直受着冥界的支配

于是，我在乘公交车时
将这枚硬币郑重地放入投币箱
听见它叮叮当当落入海底

终点站到了
我从后门下车，想起
邻居说她，临终前流下了眼泪

（原载《山东文学》2016年9月下半月刊）

雪山颂

郭建强

在能够照得出你的骨头的雪山前
冰川之水正具体地从头顶流下
脖颈和肩膀在迎接中战栗，胸腹和脊背
在快速收缩中抖动。在胯下，那冰凉多停留了一会儿
然后像江河一样凶悍地沿着大腿冲向脚底
你甚至感到水渗入皮肤，顺便让脏器仰泳了一会儿
这一刻，你无法不爱上高峻、空阔和清洁

——但是，你知道这并不是说自我已然与雪山相配
——而是恐惧。你看，即使身后只剩下童年的影子
——仍旧带着血腥深度的昏黑

（原载《诗选刊》2016年8月号）

细小的雨还没有下起来

郭晓琦

其实游人如梭
拥挤、喧哗，操着北京的、河南的口音
操着广东的、四川的口音
可我只认为是我一个人在苏堤上走

我一个人，拥有细小的风，细小的风吹来的
细小的香气。拥有
一湖细小的波澜，水鸟细小的鸣叫
拥有细小的江南。江南九月，或者十月细小的时光
我一个人在苏堤上走
握着一把散发出细小油香味的纸。我渴望的
细小的雨水还没有下起来——

其实游人如梭
黄色的、白色的、黑色的人迎面而来，擦肩而过
我只想看到一个人
她从明朝来。她云鬓水袖、一袭素裹
她含羞，她娇艳……
她回眸一笑，能醉倒江南。而我渴望的
细小的雨水还没有下起来——

（原载《江南诗》2016 年第 3 期）

渔　网

离　离

第一次见到的渔网
是被一个渔民背着
走向大海的
我跟在他的身后，风吹来很浓的
鱼腥味

不难想象，他每天也都是这么
把渔网背着回家的
鱼儿逃不出网
他的一天才是完整的

我真愿意那么跟着他
除了眼泪，我对水充满敬畏
我甚至愿意
鱼一样深情地望着他
那时候我正处于情感的低谷
我迷恋一双男人的手
在我绝望的时候宝贝一样捧着我

（原载《山东文学》2016年9月上半月刊）

春恩浩荡

唐小米

母亲为花草浇水
父亲种菜
燕子飞回，在屋檐下寻觅旧巢
春恩浩荡
我不知该感谢什么，感谢谁
我曾以岁月做借口
骗了九十四岁的祖父
我念十九岁时写给他的信

让他误以为，他只有八十岁
还能再活十年
如今又过了三年，他还坐在
墙根下晒太阳。
我还以麦子为谎言
骗过几只家雀
我用网捉住它们，随即放了
这城市的天空中
它们盘旋又归来，原谅了我。
一个月前，我们还穿着北风做的衣服
而月季，穿着稻草
现在，它要开花，并长出小刺。
我希望母亲继续操心她的花草
父亲更胖些
在这春日的午后
冥冥中有轰然而来的不可知的力量
正击中眼前的一切
正在普照他们。

（原载《诗潮》2016年6月号）

替春天说出

唐朝小雨

要允许一朵野花有心事
允许一只蜜蜂有初恋，青春期的春天

是这样想的，我只是替春天说出而已
三月一到，过去的时光都显得旧了
鸟声纷纷扬扬，贫瘠的土地开始抒情
不管你信不信，谁家的妻子走在田埂上都是好风景
而乡间土路还是像从前一样弯曲软弱
春风走过来走过去，踩不下深刻的思想
几只蝴蝶翻过了篱笆，邻家的梨树正在开花

（原载《巫山》2016 年第 1 期）

是的，并没有结束

海　男

是的，并没有结束
当抽屉里的情书已经落伍了
在它寂寥的叙事咏叹调中
一个写信的少年保持着他穿上白色衬衣的 18 岁年华
我拉开了抽屉，几十封情书活灵活现的
呈现出我 18 岁时关于青春的
索取、渴望，而找到那些电闪雷鸣
则需要我伸出双手，以抚摸岩石林立的勇气
才可能超度这些支离破碎的经验
去再次触摸到那一场雷电中一个少年充满骨感的脸
是的，并没有结束
收藏在那只抽屉里的是一场电闪雷鸣的往事

（原载《读诗》2016 年第 3 期）

为灵魂做主

海　城

我反复吟咏的西山，
私赠了秘密。
它几乎完美，更是宽宏的，
原谅我的神经质和许多败笔。

我是它春意荡漾的私生子，
一颗赤子之心。
受山光水色的熏陶，
用露珠的语言，替草木说话。

无邪的秋花，
从不说谎；忠实于美，又不被美所谋杀，
这四季的钢丝，
每一步，需保持内心的平衡。

过期的颓废，
戴着面具，诱拐我与山水的蜜月。
嘿，请滚开！
我以欢欣之名，与你绝交。

为灵魂做主，
当然会艰难，钟爱西山，
就是不做它的叛徒，
于尘霜里，续写每一岁光明的诗篇。

（原载《北京作家》2016年第2期）

我的灵魂呢

海灵草

这个春天。乌云没有想象中的那样黑
雨没有雷声宣告的那样大
我小心翼翼地寻找灵魂
她一定没有看起来的那样虚无

蛇蜕皮。柳更衣
我决定活得踏实一些
穿过一片草莓地时
一切刚刚好。云低于树梢
心高于倒春寒

小树林泛着绿意。据说
树有多高灵魂就有多长
小虫子醒了。据说
我的额头，树的额头都是
这幼小却固执的东西
这看起来若有若无的东西

我受过伤的脚，带着我离开一条路
走上另一条路。据说
我蹚过河流。河流就蹚过我
我翻越山峦。山峦就翻越我
我呼唤灵魂。灵魂就
呼唤我

（原载《绿风》2016年4月号）

念及一场雪

流　泉

在冬天
我所在的城市
很少能见有一场像模像样的雪
……之于雪的期待
也就不是一般意义的期待了
若用“殷切”来形容此间心情，我想“热望”这个词
似乎更妥帖

很多时候
我会将雪比喻成玉，水晶
更美一些，我则把它比作——爱情
这尽管落俗，但我愿意
我对爱情之热望
与对一场雪的飘飘洒洒之热望是一致的
我喜欢她妖娆
纯净

北风，年年有的
我惧冷就有点不喜欢北风了，它刮起来肆无忌惮
凛冽多了几分
人就仿佛矮了几寸
若雪花一定要由北风陪伴
那我也只好躲在一轴夏天的画卷里
去看雪了

（原载《中国诗歌》2016年3月号）

月光下回乡

谈雅丽

趁着月光回乡，妈妈
朗月轻柔，恰如落在我们间的一场小雪
从省道拐进乡村，后视镜看见隐绰灯光
——梦中飞腾的萤火虫

我看见你站在暮色中，夏天蚊虫飞舞
你着急去代销店为我们买一瓶凉茶
着急切开冰镇西瓜，冰凉的甜
刹那流进我所经过的浮躁生活

我们随意说说近况
你血压偏高，喉咙发炎，身体不好
你一天天衰弱，不再染发
头发如落雪的富士山
心脏长期服药才能保证完整的动力
小镇电力不稳，空调没法启动
陪你坐在转动的电风扇下聊天
你说起死去的外婆，双眼忽然湿润

妈妈，过会儿我将趁着月光离开
我把你们独自留在空寂的小镇
一盏盏微弱的路灯即将熄灭
好在我还有满天的月色照路

好在我还有你们——
谢天谢地，月光下的天使啊
你要让我们相聚得更加长久

（原载《山东文学》2016年3月上半月刊）

消逝的时代

桑　克

我不知道
像肥肉一样厚实的泥土里
还能长出什么
奇异的玩意儿？

但我已经不愤怒，
甚至不哀伤，
像一根吐出最后一口烟雾的
古巴雪茄。

而且我极少去咖啡馆，
也不会说俄语，
对殖民时代，喜欢之中
掺着深深的厌倦。

冬天的时候，
只要不上夜班，

基本不出温和的屋门，
严格遵守肺和咽喉联合制定的法律。

传说不能相信，
报告文学不能相信，
一切照片之中都似乎拥有
不可告人的隐情。

冻雨只存在瞬间，
大部分是扑头盖脸的厚雪。
和你想象的并不一样：
生活其实就是一部通俗小说。

它站在文献的山峰，
俯瞰山谷之中真正的顶点。
没有什么能聆听他们，
即使宣称热爱的耳朵。

我在南面的山冈，
你在低处的松花江畔，
只是因为一次又一次的失眠，
我才亲眼看见同情的朝霞。

在固定电话的回音中，
仿佛还有一个人正在听取我们的交谈。
而新煮的咖啡仿佛烧焦的杨树皮
痛快地恩赐给我一个临时的纪念……

（原载《作家》2016 年第 2 期）

想　起

黄　芳

第三人称是个秘密
想起离开墓地时
枝丫突然在空中晃动
噢，太阳突然很好
想起跟守墓人挥手告别
他脱下帽子，微微地弯腰
咬着他裤管的小狗
毛发黑亮，尾巴
越摇越快
她越走越远，墓地
落在后面
——天堂或地狱
门前都有台阶
想起那些灌木，松柏
枝丫上的乌鸦
十四岁男孩的墓碑上
有一行小楷：宝贝
在这等着妈妈
噢，特别乖

（原载《广西文学》2016 年第 3 期）

在另一个年代

——致艾迪特·索德格朗

黄　芳

透过你又大又灰的眼睛
我看见满载军队和难民的火车
穿过另一个年代的铁路
你在乡间别墅里咳嗽
老式罩衫晃动时，你的孤单
被嘲笑
你写诗，抛弃格律和韵脚
它们像不守妇道的女人
被嘲笑
在另一个年代
我和你一起失眠，困顿
带着结核病
寻找国籍和自由
最后，时光停在
摇摇欲坠的乡间别墅
死神和不曾存在的上帝握手言和
黑暗中
你眼睛又大又灰，一直
在微笑

（原载《广西文学》2016 年第 3 期）

布谷鸟的叫声

黄　浩

今晨的布谷鸟有些不对劲
一个劲地叫着，叫着
她似乎要把心底的忧伤
哑哑的，一股脑全吐出来

往常我躺在床上
听她的叫声干净清爽
时远时近，的确是些美丽的声音
现在，叫声越来越远
不像是记忆里的布谷鸟
这么好的春天它都不想要了
它究竟要去哪里？

春色在加重，暮色在加重
我趴到窗上，细雨朦胧
遮住雨的屋檐却遮不住我的忧虑

（原载《诗探索》2016年第2辑）

一九九三年，诸城之忆

黄　浩

一九九三年的诸城，怎么看也像个巨大烟囱
咕噜咕噜到处冒黑烟
大华岭是一道不可逾越的屏障
我时常被一群小痞子撵得落荒而逃
那年春天流行一首叫作春水流的歌曲
此时下海捞鱼摸虾的人们日益增多
街上充斥着假货，龙城市场无比繁荣
夏天，我们在地摊上吃蛤蜊喝啤酒
爱情变得混沌不清，旧人离开
新人却也狂热

一九九三年，我初入江湖的大染缸
秋风一起，我便五颜六色
一场雪下来的黄昏
我骑着山地车走在扶淇河畔
河里的芦苇晃晃悠悠，呜咽声起
是不是在嘲笑我，从此再也回不来的天真

（原载《诗探索》2016 年第 2 辑）

午后读《心经》

黄小培

秋日午后读《心经》，仿佛轻烟入梦。
梦境以外的生活给人以沉重的快乐，
就像现在，粮食在院落里堆积，晾晒，
压在心头上。我为这种富足深感踏实，
仿佛远离了梦想，
不贪恋，不奢取，累得很舒适。
秋日的阳光已渐入人心，照见五蕴，
让我看到烟尘，灰烬，花朵，羊群，
空不空，已不重要。
一生不过是流水的一生，我喜欢用慢
来拉开漫长的距离，等待果实成长。
这个让我不停逃离又返回的故乡，这个家，
此刻，我终于明白它不断变化的意义。
石英钟指针指示在三点二十，
微弱的风带来一阵孤独感，
止于窗口的一朵云，止于瓦蓝，
“不生不灭，不垢不净，不增不减。”

（原载《诗选刊》2016 年 2 月号）

岛　屿

黄礼孩

那时候，我们常提到岛屿，提到蓝色包围的小岛
它是春天湿润的肌肤，树木里白色雾已散去
小鸟不用翅膀，而是用小脚行遍海水孕育的王国
那沙滩上的图案像云朵。我更喜爱夏日的漫步
羊角叶在沙滩上肆意生长，风吹来，一排排的绿翻卷如海浪
比海浪更高的是椰子树，它偎依着蓝
几时开黄色的花束，几时结绿色的果实
没人知道，也没有人光顾岛屿
它是自然放养在别处的野马，它的鬓毛
在黄昏的夕光里，在辽阔的海洋上疾飞

（原载《诗潮》2016 年 1 月号）

在安庆，江水虚拟

黄玲君

那个江上夜晚
江轮飘摇而上
前程旧事变得迷茫
甲板上，一个纤弱女孩，正陷入
漫无涯际之中

欲哭无泪，她向江水设问：
“我是谁？”
而在白天她视而不见的
江水上游，江豚出没嬉戏
只是眼前，江水还是老样子
——不息奔流
而永无改变。或者，这
就是江水的答案，拥有
一副远古的胃肠，奔流不息
带走问题以及提问者
留下这个冬日清晨。多年后，当我
在江边旅馆醒来
匆匆爬上江堤码头
惊诧于那些赤裸的冬泳者
他们是无季节论者
参透时间的虚幻
他们用勇气实施一场冒险，同时
又似在进行一种仿效——
仿效那些多年前消失江面的江豚

（原载长江网2016年《新诗想诗刊》）

八　月

曹玉霞

一直挂念着入秋后的那些荷

一次次地谈起
有时候甚至有些絮叨
谈起那些开过的荷花
粉红或者奶白
风顺着吹，散发醉人的香气

多少人对秋天心怀伤感
我正穿过小桥，穿过秋天的风
去看那片荷，莲蓬熟透
蛙鸣渐稀

白鹭和水鸟群聚在水洼处
它们想在一面镜子上写诗
时而有一两只飞远后又折回来
带给我淡淡的愁绪

这个八月，我还要写到秋风
写到淅淅沥沥的雨水
花朵和枝头那些由绿变黄的叶子
写到我的村庄，远处
灯光忽明忽暗

（原载《飞天》2016 年 7 月号）

岸　边

曹利民

江水远去，武士收刀
灰发的芦苇弯在一旁，一声不吭
垂柳枝牵扯着堤岸
迷路的人，在荒草枯枝上
挣扎。这些草木间的纷争，风一吹，就散了
风一吹，就让我
感到羞愧：越到中年，越放不下心中
那点明月

（原载《山东文学》2016年7月上半月刊）

我喜欢《诗经》里的植物

曹国英

山脉里荒烟蔓草
每位路过此处的人
都会为这株桑树停下脚步吗
我喜欢诗经里的植物
从形到味到名字
或许，在数千载前，我们就是知音了
亦或许几亿万年后相互之间还有暗语

（原载《诗林》2016年1月号）

席地而坐的山脉凉了

曹国英

席地而坐的山脉凉了
秋风里。蝴蝶飞过，是本人衣襟
雀斑状瑕疵与身世
命为泥胎略带伤感地安恬
我们已被时间遗忘在这座丘陵中

北风十万，寒山里遇到雪翁
突然感到温暖和惜别之情

（原载《诗林》2016 年 1 月号）

多梦症患者

曹树莹

天花板慢慢地　慢慢地
伸出手　一只又一只苍白的手
黑暗再一次袭击了夜晚
它们抽我的脸　戳我的眼睛
夜晚从来不优待俘虏
遍地的淋漓鲜血
在我醒来之后变成枕边的汗水

天花板在我的迷蒙中变成大海
我知道　光明从来不会遗漏我
随之而来的波浪　涌到我的床前
我抱着出浴的太阳看到背后的
影子　不再低迷　像默契的道路
遍地的树木鲜花　都由太阳买单
掀开被子我就弄乱了一床的月光

我诅咒过的遗忘总在梦中重逢
绝密的录音带录满了我的拒绝
所有的卑鄙总在梦中如期而至
我的穿行也许与某些恶行有关
医生的旁证正好进入我的预谋
被肢解的风光　正流入奴役的
眼睛　你说我现在还能远眺什么？

（原载《上海文学》2016 年 5 月号）

交　谈

雪　松

面对落日无言的伤口
群山也束手无策
我独自来到山坡上
同一棵榆树促膝交谈

我们谈到各自的苦修和漂泊
谈到我们的前世
两粒种子在一场大风中的错位
谈到我们各自所需要的肥料
谈到山坡下
我们用一生也走不进的
小小村落
谈到无垠的月色——啊月色
多像我们的交谈
因无用而明亮

（原载《山东文学》2016年2月下半月刊）

豹

笨　水

我看一片云，是一头豹子
我看一头豹子，是一片云
它们都带电，会吼叫
雨水打在我的额头上，溅起水花
在人间，我与豹为邻
我也有雷霆之怒，也有豹子之心
豹子看云时，我也在看
它走进云雾深处，我也在其中
荒山多，豹子用石子漱口，我在坡上栽下兰草
月色美，我跟着它在月光下，画皮

豹纹鲜艳，好像云霓
杏花落时，豹纹里会开出桃花
只是残雪劝归，豹子，一退再退
退到山中，退至山顶
我退到低处，到退无可退
豹子站在雪山之巅，我低到尘土里
都喜欢，抬头
看星空浩瀚，成群的豹子在天上走动

（原载《扬子江诗刊》2016年第5期）

访幽空山

章锦水

进山不见人。
鸟说：吾之鸣啾，空山更幽。
其实，我在远岫之上，
原本既不看山，也不看人。
懒扎衣袖，只想兜起落日的余晖，
做我的衲衣。
思想一旦在云游，脚步多轻盈。
凡俗的蝉噪，知了又如何？
不如一起蜕去壳，结庐在树上。
静就睡去，管他日升月落，
春华秋实。

（原载《柳湾》2016年第3期）

煮　茶

章锦水

明月掠过窗棂，
如一只寒凫，虚晃白羽。
半壁山房浮在夜色里，有些摇动。
竹炉炭火烈焰通红，瓦瓯汤沸，
正好敞开门扉待客，
风来，云来，落叶来，皆以茶当酒。
闲是闲非莫管，
煮茶细听松涛。
如此自在，就一起多消遣些时辰。
“愈老愈知生有涯”，
水里有长日月，火亦沥好肝胆。
一个人，就这样，悄悄过了凡俗几生。

（原载《柳湾》2016 年第 3 期）

心有雄狮

商　震

在陕北以北的草地
经历了一场大风

风是狂躁的
起初是一小股贴着地皮
后来是四面八方

地面上的风
尾部都向上挑
试图勾引天上的风
垂直向下吹

草被吹乱
像雄狮披散的鬃毛
一朵瘦小的野菊花
弯下腰躲进草丛里
我也闭上了眼睛

风在制造强大的噪音
试图要把花草吓死
风常幻想自己有很大的能力
我站在一旁窃喜
这混杂的噪音
恰好可以藏住雄狮的吼声

（原载《山东文学》2016年5月上半月刊）

立　春

商　震

难得看见月亮挂在头顶
散发着幽幽的光
过去的岁月里
我见过许多月亮
比如一双深情的眼睛
一张微笑着的脸
一排洁白的牙齿
一行温暖的诗
而在今晚
月亮就是月亮

月亮只看着我一个人
忽远忽近地看
细细地数着我的头发
它不告诉我
它是我的月亮
也不告诉我今天立春

它是不是月亮
今晚我也把它认作月亮
有没有春风
我也认定从今天开始
我就在春天里

（原载《山东文学》2016年5月上半月刊）

五里坡

梁　平

一条路走到生命的尽头，
我确信有这样的路。
五里坡乱石拼接的五里羊肠。
是我的广阔天地。

萤火虫的裸舞，
老鼠嫁女的排场，
黑灯瞎火里过剩的青春，
遭遇俄国老头涅克拉索夫，
邂逅高加索山上通红的鼻子，
孜孜不倦的梦遗。

这条路我走了五年，
十八岁走到二十三岁，
曾经的抒情与惊悚，
以后的鲜花和掌声，
全部打包．都在这条路上，
根深蒂固。

人生从清瘦到丰满，
节外可以生枝。
脚下的路不能含混，
荆棘、诱惑，以及绊脚的石头，
在我墓志铭里，

片甲不留。

而五里坡，
即使一堆浮土，一棵草，
一条冰凉的菜花蛇与我共枕，
也依依不舍地匍匐在
我已经开始建筑的，那个
没有祭文的坟头。

（原载《诗刊》2016年2月号上半月刊）

夜半书

梁书正

灯火加重了远处的黑暗
警笛声加深了夜的寒冷
隔壁阳台上，有人小声抽泣
哭声加深了尘世的悲伤

这时，远在故乡的父母应该走在
前往县城的路上
他们各背一背篓油豆腐
披一身风霜

这时，我的奶奶
在土里睡得很好

她走了两个多月了
应该已经和大地熟悉

而最远处亮着的星星啊
它们不说话
它们懂得所有的秘密
它们泛着温润的光明

（原载《人民文学》2016年第8期）

母亲出门，说要看看春天

梁志宏

年关已过，季节转弯处
春天启程了，我去看望耄耋母亲。
小区楼座转弯处，晃着
一个熟悉的身影，拄杖慢行；
是母亲呀！紧走几步我招了招手
母亲同时也招了招手
我喊一声妈——春风吹开
鸭舌帽下绒线帽下两朵笑容。
春寒料峭，“妈你怎么出来了？”
“我想出来看看春天……”
哦母亲心里，杏花已白了桃花也红了
一句话让儿子诗心怦动。

（原载《山西日报》2016年3月9日）

西北偏西

梁积林

翻越祁连达坂时我还醉着
大冬树垭口的风和一只老鹰
经幡猎猎的高原黎明
搭讪我的是一个
围着黑纱的，撒拉尔女人

尕木匠宾馆里
我和一个康巴汉子碰杯：
说到了玉树，说到了黄河源，说
过了俄博就是甘肃地界

半夜下暴雨，一道闪电的刀子
把我撂倒在
想你的荒原草甸里

西北偏西，再西就是阿尼玛卿
大通河边，我怀抱
空空的来生
怀抱河水汤汤的
一把笙箫

（原载《诗探索》2016年第3辑）

傍晚站在玛曲的草原上

隋　伦

云缓缓堆了过来
青山上站起一座塔，
风从山谷吹到山上
又从山上吹向更远的天空

路旁伸进地里的各色旗帜
没有方向地摆动着
我往一条石头堆成的小路走去
把两旁的野草当成
夹道的彼岸花
越往前走，风声就越大
彼岸花就越往地上撞

我猛然回头
那野草还是野草
只是，它头顶的天空
已布满繁星

（原载《诗刊》2016 年 10 月号下半月刊）

下雨的时候

琳　子

下雨的时候能躺在家里不出门
是一件多么久远的事
热水在家里
鞋子和雨伞都在家里
有点潮湿有点冷可我多么喜欢

很早以前也有过这样的白天
大雨下了一夜
院子里积满了雨水
雨水黑亮屋檐
也黑亮亮。不能去地里干活
父亲在门口搓麻绳
母亲在窗户下做花棉袄
我躺在床上闭着眼睛，装睡

有点潮湿还有点冷
可我竟然真的睡着了
我从来没有在这样的时辰，睡着过
还睡得这么踏实

（原载《读诗》2016年第1期）

山　羊

董欣潘

坡地上，它们像一群守山的神
安静地徜徉在葱绿之中

望不到尽头的草色，春天
一字排开，大雁们从北往南飞去

大雨突来，山羊一路奔跑
它们向着陡峭的山崖奔去

几棵松树，像亲人一样
安静地迎接它们

（原载《福建文学》2016 年第 4 期）

在自己的时光里

董欣潘

这些年，和骨头一起消磨
在自己的时光里，那些灰色的记忆
在烟雨江南，轻风拂过柳絮
斜斜飘落窗台的雨

仿佛映照三月的欢容

喜欢在窗前读一首小令，在暮晚
如果此刻，有轻风自北吹来
如多年未遇的友人，撩起我的衣袖
听他诉说在外漂泊之苦
也分享我们相见时的欢畅

在自己的时光里，我将
往日的青涩交还给岁月
也将轻浮的思想，打磨成生活的锐器
星光从头顶一闪而过，一如爱
在我心头涌现，一如恨，了无痕迹

（原载《福建文学》2016 年第 4 期）

我看到事物开始往回走

韩文戈

我看到事物开始往回走，就像太阳
撞上南北回归线
当牛羊咀嚼过的草又回到草丛
作为新肥埋住了草根
一个人也像一朵敞开的花，睡在半空
他陶醉于子宫的失重
深渊有多深？一桶水被绳子提上来，水离开水

变成庭院里的一片云
远方是凸起的碑，碑上站着一只无名鸟
鸟在下午四点，准时说话
大喜鹊要在傍晚的树上叽喳喳
那时，万物中的一部分正在寂灭
接下去是剥蚀，风干，我能看到灵魂的细烟
爬上天梯，重回天堂
那些倒退着的事物往回走，它们
从山顶将退到山脚
仿佛又回到大地乐园
仿佛我们都在用自己的方式回到最初的地方
而在路上，我不敢给我遇到的事物下定义
褒或贬，不敢言说任何明确的结局
当它们还在路上，我也在路上
无论我想说什么，总是要从我的立场出发
片面，乏味，貌似疾恶如仇
比如，早晨我吃着老豆腐和老油条
午后我就从梦里醒来，我说，老朋友
多么好的一杯下午茶
此时，有茶便是刚刚好，事物们
都有自己的刚刚好
它们从不在乎我说了什么
依然如是，淡定，自在
阳光把重量留在了老地方，这是秋天
果实压低枝头，一切即老之时
只剩下无主题狂欢，转身，垂落：哦，我哀悼

（原载《诗选刊》2016 年 1 月号）

抱歉，你们错看了我……

晴朗李寒

抱歉，你们错看了我——
我从来不像你们看到的那样，
貌似平静的躯壳下，
我也有一颗浮躁、虚荣、焦虑之心。

我怕在暗夜中醒来，孤独地
面对自己，像饥饿的野兽，在荒原上
逡巡，奔走，嚎叫，
最终一无所获，疲惫地返回梦的巢穴。

多少年，我都用文字在虚空中搭建楼阁，
用一只竹篮从枯井里打水，
像蜻蜓，烈日炙烤下，在即将干涸的水洼中
点种下生命之卵。

其实，我时常濒临绝望的悬崖边，
想放弃，想以飞翔的姿势告别一切，
无底的深渊给我的诱惑，
远比喧哗而无聊的尘世要多得多。

而一次次拯救了我的，不是上帝，不是神佛，
是怯懦与懒散，是残留的一点点
对世界的希望，以及对亲人的
愧疚与依恋。

（原载《诗潮》2016年4月号）

我常常以为时间是凝固不动的

黑　枣

我常常以为时间是凝固不动的
就像这十三年来，我在一个固定的位置
开店，喝茶，写诗
痴人说梦，庸人自扰
今天复制了昨天，明天粘贴着今天
踩着钟点起床，吃饭，午休和晚睡
跟一成不变的生活唇齿相依
围绕一个了无新意的话题
争吵不休，再和好如初
我屡屡忘了年纪，自己还是那么年轻
而白发是老早就有的
恍惚间，一切依旧是刚刚开头的模样
一支笔，才蘸满墨水
一天，尚且停留在清晨
茶香，犹未氤氲……
我刚想张口说话，冬天不知不觉已经来了
当我觉察到一丝寒冷
喷嚏已早于颂歌跌落草丛
当我准备挽留树叶上星光的足迹
心跳已然没有力气攀越黑夜的门槛
我常常以为时间是凝固不动的
谁知它已经跳过我，去往一个不可知的异乡

（原载《山东文学》2016年1月上半月刊）

大峡谷

傅天琳

我相信，任何存在
都有一条裂缝。肯定有
让事物本身迅速改变
天山也是这样
一条裂缝，成就了一条大峡谷

乘机而来的，总是风
有时从正面，有时从侧面
风沿着最初的裂缝往里钻
往里刻！极其尖锐
极其深度地往里刻
甚至肆无忌惮在里面打旋儿，做巢
孵出一窝怪诞形体

有时，风从后面
就成了刀之外
另一种暗器

呼啸声不断传递着风速
和即将到来的平静
我们就在这个时候
沿着峡谷走
看到了世间最好的风景
最痛的山水

（原载《诗选刊》2016 年 3 月号）

野　鹿

舒丹丹

鸟羽有风，松林上有薄雾
夕阳的金手指正抚摩群山的脊背

一棵白蜡树的牵引让山崖躬下身子
俯看脚下两只悠闲的野鹿

我们停车，在松针的阴影里呼吸、倾听
沉陷于周遭渐渐聚拢的黑暗

湖水微漾，神似一种天真
无边的静穆，近于本我

在山野，生命各领其欢，纯粹而自由
如心灵盛开，如鹿垂下眼睑

（原载《诗歌月刊》2016 年 5 月号）

十一月的风

鲁　北

母亲半跪在地上

从小院里堆得小山一样的萝卜中、地瓜中
挑选那些周正的、顺溜的，让我捎到城里去
十一月的风一直在嗖嗖地吹着
母亲稀疏的头发飘起来
像那年一片一片的雪

（原载《诗刊》2016 年 4 月号下半月刊）

是凉薯，也是番葛

敬丹樱

喜欢叫它地瓜，像外婆唤我小名
喜欢蹲在菜地，等第一茎嫩芽顶破泥土
喜欢把满园碎花
看成蠢蠢欲动的蝴蝶
喜欢对着锄头祈祷：偏一点，再偏一点
喜欢日子劈开两半，伤口都是甜的。喜欢心满意足捧着肚皮
听童年传来白生生的脆响
喜欢外婆菜园一样年轻
唤我小名，指尖轻轻戳我的眉心

（原载《诗探索》2016 年第 4 辑）

醪　糟

敬丹樱

桂花婶从坛子里舀出醪糟摆上来
桌上你一调羹，我一调羹，大斗碗很快见了底

弟弟缠着桂花婶又舀一碗，撒上白糖
躲在灶房吃独食
捧着圆滚滚的肚皮，回家的路，被弟弟走得歪歪扭扭

姐姐，晃得厉害呢
姐姐，快来帮我，把路按住

（原载《诗探索》2016 年第 4 辑）

喊母亲回家

惠　子

我总是在月白风清的夜晚喊母亲回家
因为母亲走的那天晚上
月光白得刺眼　而天上的星星
就像一丛又一丛波斯菊
围绕在母亲身旁

母亲那天走了就再也没有回来
老屋还在　老墙还在
那被磨得光光的灶台　妆台　还在
那株母亲亲手栽植的梨花
年年都开成一面镜子照得见人

我总是在月白风清的夜晚喊母亲回家
就像小时候母亲拖长嗓子
喊我们几姊妹回家吃饭
我也拖长嗓子喊我的母亲
那些竹子就和着月光在风中摇曳
群山就开始回应：母亲　母亲　母亲
那些萤火虫就开始在风中舞蹈
那些月光被撕成一片片
像是思念　祝福　又像是忧伤

（原载《人民文学》2016 年第 12 期）

醉花阴

梅苔儿

在低温的日子里
我想念一只蝴蝶
它们总是在春天制造事故
把花朵和爱情弄得要死要活
我享受那种过程的痛与美

像伤疤长出痒痒的肉

梨花白，桃花红，春风暖
邻家少年嘴唇长出一簇软软的绒毛
河流如酒，在他们体内窜来窜去
而三月的女儿，她们的胸脯
一夜之间鸟语花香

这是冬日
在摄氏四度的夜书写备忘录
我需要敬自己三杯烈酒
过中年这个岗

如果烂醉如泥
也许，光阴会软下来

（原载《诗探索》2016 年第 3 辑）

珍 珠

谢笠如

夏天，你瘦下去的身子
让我心疼。你那么小，像一根纤嫩的茎。
眼睛纯洁得仿佛一切事物
可以拥抱你。茶花可以，香樟树可以，
巴儿狗、蓝喜鹊，甚至蛇都可以。

我多么想保护你，我的孩子，
当你在我怀中，像藤抽出的细芽，
我感到我是整个世界
和它的对抗者。可我并不胜任。
你的信赖，加深了我对自身的失望
——为什么我不总是柔和的风、海浪？
不总是欢笑的带小金鱼的池塘？
有时候，我也不明白，
我做了什么，值得你这么爱我？
每天晚上，你翻身寻找，仿佛我的手
是会哼歌的花瓣，会发光的鸟巢，是你喜爱的
绿蟋蟀——然后，你在梦里，笑出声来。

（原载《诗刊》2016年10月号下半月刊）

紫色漫过柴篱

谢明洲

我的诗句无法比流水走得更远
能够掀起几页时光的书页，已经够了

在渐渐走向荒芜的尘世
是谁
在初衷不移地手持一束温柔如玉的爱情花朵

世界安静了下来

一双翻飞的蝶羽，和
漫过柴篱的薰衣草的味道随风荡来

顷刻间
世界靓丽了许多

（原载《前卫文学》2016 年第 3 期）

君山远望

蓝　野

在大湖的清波中
君山还是那个安静的少年
怀抱着心事
远眺着武陵

落第还乡的路上
那个踽踽独行的书生
遇见了牧羊女
成就了一个传奇

洞庭、钱塘、泾河
这些水中，自有热闹的生活
也有飞升而出的
宝石般的幻梦

“春至不知湖水深
日暮忘却巴陵道”
湖水。长天。爱情
斑竹。新茶。古井

岳阳楼下，远对青螺
我猜测着前往君山的路
在湖水中，是深是浅

（原载《十月》2016 年第 2 期）

吹过青山湾的风

蓝 紫

这么多年，我写城市、乡村，却从不敢写出
收留过我童年的那片土地

它在雪峰山下，仿佛一处神秘之所
它在高山围拢的一小块平原之中，芝麻一样毫不起眼

我曾用明晃晃的镰刀，割下一地青草
我曾种下向日葵、美人蕉，看它们开出鲜艳的花朵
有时候，我喜欢
看一只麻雀偷食时的从容不迫
有时，坐在林中
我常想，那些杉树、柏树、松树，是不是也和我一样孤独

吹过青山湾的风，每一缕都有未知的旅途
多年后回望，我也是其中一缕

（原载《人民文学》2016年第12期）

想起梨花开的时节

蓝 紫

我喜欢它的沉默，任由鸟雀在身上窃窃私语
偶有落花飘上肩头，温暖而亲密

我喜欢坐在梨树下的奶奶，微笑地看着我
看着我甩动着小手奔向她
吃她变戏法般拿出的各种零食

果实在花蕊间孕育时，我外出求学
果实挂满枝头时，我在异乡漂泊
当我背着背包回来，梨树下的椅子已空空荡荡

如果梨树还在，我就是那个扎着朝天辫永远
不愿意长大的女孩
如今梨树已砍，我便再也没有归途

（原载《人民文学》2016年第12期）

在蔡甸，谒钟子期墓

雷平阳

我想我会老死在
从一座苍茫的城市到另一座
更苍茫的城市的路上
或者老死在
某个绝望的城市公寓里
无处隐居，远离了高山和流水
肋骨间的琴弦一再地弹断
血管中的鸣响没有人聆听
我与陌生人谈论过孤立、自弃
与整个世界为敌
但这些都不是我真实的想法
我也希望自己的坟墓
高出江汉平原，甚至高出
白云朵朵的天空
前提是我也得有个俞伯牙
有一个与世界与时间讲和的理
由这小小的愿望却一次次落空
仿佛我在向横空出世的帝国索取
破败的江山，仿佛
我在皇家寺庙的门口横刀叫嚣
一定要带走某个高僧大德的人头
我被高估了，被活埋在人世间了
在多次改道的汉水边上
只能听任这冬天的风

这白茫茫的芦苇
把我的灵魂送回那流水之上的楚国

（原载《读诗》2016 年第 1 期）

从今往后

路 也

从今往后
守着一盏小灯和一颗心脏
朝向地平线
活下去
从今往后
既不做硬币的正面，也不做它的反面
而是成为另外一枚硬币
从今往后
恺撒的归恺撒，上帝的归上帝
方圆十余里，既无远亲也无近邻
小屋如山谷，回响个人足音
从今往后
东篱下的野菊注定要
活过魏晋
比任何朝代都永恒

（原载《山东文学》2016 年 2 月上半月刊）

将去康科德

路　也

让一条大路带我去康科德
去见爱默生、霍桑、梭罗、奥尔科特
在他们的墓前各放一束月桂或石楠
人在书里永远活着

让阳光照耀着我去康科德
坐在大枫树下喝一杯冰咖啡
看完白房子再看红房子
我被文学腌制过，冒着诗歌的热气

让风吹拂着我去康科德
在瓦尔登湖木屋前呆坐整个晌午
有鉴于山林的伦理和碧水白沙的美德
没有哪儿比此处更接近天堂和上帝

我头顶一簇白云去康科德
去看望纸页上的友人印刷体的亲人
把林中空地上的一绺魂魄带走
将来自中国昏暗狭窄书房的叹息和问候留下
让一条大路带我去康科德
读过的书一页页连缀起来铺成这样的大路
这是我在世上最想独自一人去走的路
小镇天空中四颗星星做我的 GPS

（原载《诗刊》2016 年 10 月号上半月刊）

白　发

蒲小林

白发，不是头发白了
也不完全是风雪漂染了一个人的时光
是一个人用大半生光阴，走完了内心
漆黑的一段，直到黄昏，骨子里的
光线，才从头顶上迸射出来

这一丝一丝的银，这耀眼逼人的
无数道锋刃
需要多少的奔波和虚度，才能
磨得如此雪亮

（原载《诗刊》2016 年 9 月号上半月刊）

一个人走进我

顾国强

一个人走进我
真实地成为一片风景
进而我为这个人活着
我浑身的毛孔圆睁
青春的活力向外奔涌

对一些事情产生了兴趣
比如把星空的繁杂看成一种秩序
比如看着一只孤独的蚂蚁
一直找到家门
耐心地侍弄起花草
甚至傻傻地守候着
将要新生的叶子

我变得陌生
开始修剪荒芜的胡须和头发
刻意地刷洗着每一颗牙齿和衣领
常年不洗的双脚
洗得走起路来都觉发飘
我不再用酒精烘烤情绪
写东西或思考问题的时候
也尽量少抽烟
由每天两包减至一包
慢慢戒掉
多吃蔬菜　每天喝两杯牛奶
改掉不吃早点的坏习惯
把黑白颠倒的生活秩序
慢慢调整过来

你说以后要我为你活着的时候
我第一次相信　自己
具有站立的属性

（原载《诗探索》2016 年第 1 辑）

春中茶园作

慕　白

雪很快就积到了半山腰
悲伤的黄昏，黑暗中的火熄灭了
已经看不见远方，群山静默着
天色越发暗下来，三月阳春
雪很白，白得没有一丝歇停的味道

雪落无声，人在草木之间，茶树无声
年、月、日，柴米油盐酱醋茶，往日崎岖
山风凛冽，像移动的乌鸦，和三年前一样
茶农王十二把一个刚刚冻死的茶芽
夭折的新生婴儿，埋在忍冬花的根部
直起腰，他抬头看看灰蒙蒙的天空
“操你大爷”！寒风中，目光狠狠的
像一个再次输光了的赌徒

雪夹着雨，生与死的距离
只在一场雪之间，一年又一年的徒劳
满目春山尽白头，就像茶
人走就凉，春寒胜于人祸
茶香来自苦寒，只有沸腾的水知晓
活着不易，被折戟，被杀青，被揉捻
被发酵，被烘烤，被赴汤，被蹈火
遍尝人间滋味，茶出身于农家
性苦寒，功效止渴、明目、益思

消炎解毒。死是一件自然的事
茶的一生，总是无法为自己除烦去腻
驱困轻身。在这春天里，众生芸芸
雪地江山如画，只有这小小的草木
灵魂中长满不为人知的悲伤

吃茶去吧。群山之巅，人心为峰
草木之心，一岁一枯荣
蚯蚓在地底用柔软的身躯耕耘
而世界空旷，虫鸣闪烁其上

（原载《十月》2016 年第 4 期）

十　年

臧海英

整个十年，她都在用力承认母亲死去的事实
现在，她终于能像陌生人那样谈起母亲
一脸淡漠中，却带出母亲的口吻和眼神
她不知道，在她心里慢慢消失的十年里，母亲也用力
像窗前那棵爬山虎一样，一点一点，爬上她的身

（原载《人民文学》2016 年第 1 期）

在海边

臧海英

我往海水里滴蓝墨水
滴下去就没了
再滴，又没了……

如果你去海边
看到一个手拿蓝色滴管的人
请把她叫醒

她离开我已经很久了

（原载《人民文学》2016 年第 1 期）

雪　豹

瘦　水

雪下到一个叫郎木寺的地方停住了
这刚好让最后的一匹马越过了雪线
而我和许多石头被堵住了
只有目光翻越这些山梁了
我知道，一百里以外又是另一幅场景
许多人悠闲地喝着咖啡

谈论另一国度或一场战争
他们从容地弹掉烟灰
不无寂寞地说
这场仗什么时候才能打起来呢
而雪线之上
一只豹子在一个叫乔格日的山峰上
注视着移动或静止的猎物
它明显地消瘦了
像高贵和光荣的党项王一样
像一位我的诗人朋友一样
失去了搏杀和血腥的炫耀
它的活动只限于人无法到达的山巅
这让我想起
乞力马扎罗山上一只豹的尸体
而更多的绵羊在山脚下繁衍
它是青稞之外的又一种口粮
它们温驯　腼腆　羞涩
这让我像一只雪豹
在遥远的山巅上
充满了一团暴力的云影

（原载《江南诗》2016年第3期）

白素贞

廖伟棠

仙山剖腹
她慢踮绣步入黑暗
左手始终攥紧剑把
衔灵芝的樱唇灵活
告诉仙童她也是蛇
和他们一样是物化
但她凭虚长出手足
与鹤翼、鹿蹄扭打
箭衣巧束她的骄傲
她是结子曼陀罗花

是娘子、姐姐、妖精和哀母
无人唤她一声素贞——
白鳞蜿蜒游于碧水落红
她常常误认自己有经血，早已回春西湖
她常常误认自己已死，饮艳粉骷髅之春酒
断桥下有天使之卵
晚来天欲雪——
那和尚捞起一只盆中纸船
“素贞——你拾取哪个去？”

她慢踮绣步
入黑暗
婚床如穴如钵

她坚信腹中子
并非另一头热血蠢物
但繁弦急管催石榴夜里一惊而谢
小青小青
同穴千年的
毕竟是你这另一朵冷冽之火——
深藏柜中沥沥不干的
旧年雨水早已烧掉油纸伞上的鸳鸯图

（原载《读诗》2016 年第 2 期）

莱阳路的迎春花开了

黎　权

莱阳路上的迎春花星星点点地
开了。后海上依旧淤积着尖叫的北风

花朵总比叶子的形状更多变化
娇艳的声息被压在灰沉沉的云朵下边

蜜蜂因为没有嗅到温暖的香味
所以还没有到来

但雨和南风已经如期而至
一阵惊悚，娇艳跌落一地

老舍说，莱阳路的迎春花开了
青岛的春天已经来了

（原载《诗探索》2016 年第 3 辑）

在未来的阴影里弯曲

黎启天

我以为走廊里的月光
是昨夜的梦

我想继续回到那未完的情节中
沐浴着光的美妙波涛
多么透明啊，这梦的轻舟

可廊柱的阴影垂下，像铁锚的黑爪弯曲
未来迎着光线行走，我在阴影里弯曲

（原载《作品》2016 年第 8 期）

熄　灭

潘洗尘

一盏灯　从我的身后
照耀经年
我总是抱怨她的光亮
经常让我　无所适从
无处遁形

现在　她在我的身后
熄灭了　缓缓地熄灭
突然的黑　一下子将我抓紧
我惊惧地张大嘴巴
却发不出声

（原载《诗刊》2016年4月号上半月刊）

现在我只爱一些简单的事物

潘洗尘

从前　我的爱复杂　动荡
现在我只爱一些简单的事物
一只其貌不扬的小狗
或一朵深夜里突然绽放的小花儿

就已能带给我足够的惊喜
从前的我常常因爱而愤怒
现在　我的肝火已被雨水带入潮湿的土地

至于足球和诗歌　今后依然会是我的挚爱
但已没有什么　可以再大过我的生命
为了这份宁静　我已准备了半个世纪
就这样爱着　度过余生

（原载《诗潮》2016 年 1 月号）

杯中养虎记

霍俊明

"你是一个心存醉酒愿望的人"
这是你离开尘世时对我说的
最后一句话

是的，我曾在一个玻璃酒杯中
豢养一只金黄的老虎
在很多个夜晚，树枝和街道
一起摇晃，抖动，眩晕

年岁大了，已经不再需要
一双红色的筷子
来扮演向上的梯子

一个左撇子，一个六指
都难脱黔地庖厨

你在秋日举起酒杯
手指敲打杯壁，像一个老农
揉搓黄昏里的玉米棒子
兄弟间也需要一场大醉，相拥胜妻

可是，我并没有准备好在秋日里举杯
也逐渐丧失掉谈龙虎之心
那只年幼的老虎曾在酒浆中
在凛冽的日子起身
试图从杯壁中抖动渐渐成熟的金黄条纹

我将火柴投入其中
我需要一次燃烧，需要一次
蓝色火焰舔动铁皮屋顶的灼灼愿望

如今，不喝酒已经多年
正如你人世中的最后一次转身
那时夕阳不大不小
夜正渐渐暗下来。

（原载《诗林》2016年2月号）

迎新的梅花

林　莽

辞旧迎新的背景是一面宫墙
锈红色的斑驳的宫墙
一枝探出墙外的枯枝
绽开了几朵粉白色的小小的梅花

他们谈到南海上新建的灯塔
大海在一片蔚蓝中喧腾
岩岸和礁石上开出巨大的白色浪花

在宫墙内我曾梦想过烛火
在一个古老而不成熟的地方生活
我们的心智里尚缺少一座真正的灯塔

2016 年闪过
宫墙斑驳梅花探出枝丫
大海的浪花盛开又退向未知
我们在心的拷问中度日
迎候新年的降临
我仅看见了一枝探出墙外的梅花

2017 年元月 1 日晨